柳内たくみ
Yanai Takumi
Illustration:黒獅子
GATE
ゲート
自衛隊
彼の地にて
斯く戦えり
外伝4.白銀の晶《しょう》姫《き》編

「ひゃっほ――」
「いけいけ、倉田！　いけっ！」
50-4499

ゲート
自衛隊　彼の地にて、斯く戦えり
外伝4。白銀の晶姫《しょうき》編〈上〉

ALPHA LIGHT

柳内たくみ
Takumi Yanai

アルファライト文庫

主な登場人物 Main Characters

伊《い》丹《たみ》耀《よう》司《じ》

35歳。
陸上自衛隊二等陸尉。
オタク趣味の持ち主。

テュカ・ルナ・マルソー

167歳。
エルフ上位種族の娘。
金髪碧眼でスタイル抜群。

レレイ・ラ・レレーナ

17歳。
ヒト種の賢者、魔導師。
頭脳明晰で無表情な少女。

ヤオ・ロゥ・デュッシ

317歳。
銀髪のダークエルフ。
妖艶な美女だが、とにかく薄幸。

ロゥリィ・マーキュリー

963歳。
神エムロイに仕える亜神。
フリフリの黒ゴス神官服を纏う。

ハミルトン・ウノ・ロー

19歳。
ピニャに仕える副官。
長年ピニャを補佐し続ける。

ピニャ・コ・ラーダ

21歳。
モルト皇帝の娘。
帝国の皇太女となる。

レディ・フレ・ランドール

モルト皇帝の姪で
ピニャの従姉妹。
貴族社会に強い影響力を持つ。

アン・ルナ・リーガー

帝室と縁の深い
リーガー男爵家の令嬢。
レディの腹心の友。

ミュイ・ロゥ・フォルマル

13歳。
フォルマル家の当主。
交易都市イタリカを治める。

アルペジオ・エル・レレーナ

26歳。レレイの姉。
通称アルフェ。鉱物魔法を
専門に研究している。

スマンソン・ホ・イール

アルヌスで学ぶ学徒。
師匠のレレイに
想いを寄せる。

フォルテ・ラ・メルル

19歳。
有名な天才魔導師。
アルヌスでレレイに師事する。

江《え》田《だ》島《じま》五《ご》郎《ろう》

海上自衛隊二等海佐。
特地に残留し
海洋情報を集める。

モルト・ソル・アウグスタス

帝国に君臨する皇帝。
日本との講和条約により
退位が決まる。

01

――特地《とくち》・アルヌス州・アルヌス――

陸上自衛隊特地方面派遣部隊《りくじょうじえいたいとくちほうめんはけんぶたい》が演習場としている丘の中腹に、鈍色《にびいろ》の塔《とう》とそれを囲む複雑な建造物が出現したのは、雨期《うき》も過ぎ、北から流れ込んでくる空気がその冷気を強めてきた頃であった。

折《おり》しもアルヌスの麓《ふもと》では、エムロイを祀《まつ》る神殿ロゥリアに続いて、ハーディを祀る神殿ジゼラ、ダンカンを祀る神殿モタが次々竣工《しゅんこう》し、街外れの森ではワレハルンの木々がぐんぐんその背丈を伸ばし始めたのと同じ時期。

それぞれの神官達が布教活動する姿を見られるようになったこともあって、麓に住まう住民達は、その複雑な建造物を日本人達の造った何らかの神殿だろうと誤解したのである。

塔のてっぺんから立ち上る黒い煙と、無数の鉄管で構成されたそれは、確かに知らない者からすればそんな風に見えるかも知れない。

だがその実態は、特地で入手可能な原油を基に、ガソリン、軽油、重油等々を精製するための蒸留塔《じょうりゅうとう》や貯蔵《ちょぞう》タンク、そしてそれらを繋《つな》ぐ鉄パイプ等で構成された石油精製プラントなのである。

「これより、第五次石油精製施設稼働《かどう》実験を執《と》り行う。担当者は位置につけ」

「おうっ！」

健軍《けんぐん》一等陸佐の号令の下、隊員達が配置についていく。彼らは地下に掘られた待避壕《たいひごう》にそれぞれ潜り込み、そこで担当の機材を操作するのだ。

「第一、第二圧力弁《あつりょくべん》閉鎖！　冷却水循環《じゅんかん》正常」

「第一加熱釜、第二加熱釜、温度上昇率正常！」

「蒸留塔機能正常！」

「よし、今度こそうまくいったぞ！　これでヘリが飛ばせる！」

健軍が握り拳を天に向けて突き上げた瞬間だった。非常ベルがけたたましく鳴り始め、あちこちに巡らされたパイプの継ぎ目から蒸気が噴出し始めた。

「冷却水の供給《きょうきゅう》に異常発生！　温度が上がり続けます！　これはまずい！」

「圧力釜耐久限界値を超えます」

「第一、第二パイプ破損《はそん》！」

「燃料引火！」

「なんだ、どうなった⁉」

健軍の問いに用賀《ようが》二佐が答える。

「要するに、失敗ってことです」

その直後、鈍色の神殿は爆発し、炎に包まれた。

そしてアルヌスの空に向かって、黒々とした大きな煙が上っていった。

「あ～あ」

「また失敗したみたいニャ」

「大変だよねぇ」

音と光との若干の速度差により、アルヌスの街に爆発音が響くのは、街の住民が黒い煙を見て実験の失敗を悟《さと》った数秒後となる。

「来るぞ」

耳を塞《ふさ》ぐ住民達。

少しのタイムラグの後、腹の底から響くような爆音があたりに響き渡った。すると、それまで実験に気が付かなかった者達も振り返ってその失敗を知った。

銀髪の魔導師《まどうし》レレイ・ラ・レレーナも、その一人である。学徒達を率いて街を歩いていたレレイは、度重《たびかさ》なる失敗に同情するように口元から小さな湯気《ゆげ》を吐《は》き出した。

学生の一人、スマンソン・ホ・イールが言う。

「また実験失敗。小さい蒸留器の稼働は成功してるんだから、あんな大きな物を無理して造らなくても研究は進められるだろうになあ」

スマンソンの声を背中に浴びたレレイは、振り返ると弟子《でし》に正対した。

「彼らは研究しているのではない。彼らが求めているのは効率化。小さい蒸留器では、無駄《むだ》が多いから」

「レレイ先生。無駄って何ですか？」

「蒸留器は火を使う。そしてそのためには蒸留器で作った燃料油が必要」

「ああ、そっか。蒸留器を動かすために、できあがったばかりの油を使っちゃうから、効率化しないと手元に残る燃料油の量が少なくなっちゃうんだ」

「だから彼らは、施設を大型化して手元に残る燃料油を増やそうとしている」

「でも、それで施設を吹き飛ばしてたら、その方が無駄なような気がしません？」

「無駄を重ねても諦めずに技術を発達させていったから彼らの繁栄《はんえい》はある」

「でも、その技術って『門《ゲート》』の向こう側の彼らの故郷《こきょう》にあるんですよね。今の彼らはその恩恵を受けられない……」

「そう。知っているということと、できるということとの間には深い溝《みぞ》がある。それが現実。その意味で言えば彼らは今、私達と同じ立場にある」

レレイは再度振り返ると、紅蓮《ぐれん》の炎に焼かれようとしている蒸留塔を見上げたのだった。

＊　　＊

「こりゃあ見事に壊れたな」

陸上自衛隊二等陸尉伊丹耀司《いたみようじ》は、立ち入り禁止のロープで囲まれた石油精製施設跡に立ち入ると、そんなことを呟《つぶや》いた。

囲いの中は、爆発によって流れ出た油が地面を覆《おお》い、煤《すす》で汚れた鉄パイプなどが散乱している。あちこちに黒いタール状の液体が染《し》みついて、その上には消火の際に用いられた粉末や砂が積もっていた。

顔見知りの自衛官達がそれら油を吸った土を円匙《えんぴ》で掻《か》き集め、一輪車で運び出そうとしている。その鼻の曲がりそうな匂いに伊丹は顔を顰《しか》めた。

「おはようございます。伊丹二尉。起き抜けのナパームの匂いは格別ですね」

「ナパーム？……はっ！」

伊丹はナフサ、ガソリン、軽油、重油が混合した凄《すさ》まじい匂いを「ナパーム」とひとくくりにする隊員の言葉に、どう返したものかと一瞬戸惑《とまど》った。

だが、そう言えばこの隊員は第四戦闘団、健軍一等陸佐の部下だったと思い返すと、その言葉の元ネタが映画『地獄《じごく》の黙示録《もくしろく》』に登場するキルゴア中佐の名台詞であることに気が付く。

ネタにはネタで返すのがおしゃれというものであり、当該隊員も伊丹がどんなネタ返しをするのか期待しているようだった。そこで伊丹は咄嗟《とっさ》にこう言った。

「俺は、朝目が覚めると『アルヌス。くそっ、俺はまだアルヌスにいる！』とか、思っちゃうね」

だが、その軽率《けいそつ》な一言に、隊員は顔色を青ざめさせた。見れば彼ばかりでなく、周囲で作業していた隊員達のほとんどが手を止めてしまっている。

「あ、悪い悪い悪い」

伊丹は、自分の一言が隊員達の精神を逆《さか》なでするものだったと気付き、即座に頭を下げた。

先の台詞は、これまた同映画冒頭《ぼうとう》のベンジャミン・ウィラード大尉の名台詞が元ネタであり、良い感じで脳みそが膿《う》んでいるウィラードが、任務をもらって早く地獄のようなジャングルで戦いたいと願う気持ちを表している。

しかし日本にいつ帰れるとも分からない自衛官達からすれば、故郷に帰りたいという意味で、目を覚ます度に似たようなことを考え苦渋《くじゅう》を味わっているのだ。

おかげでこの台詞に妙に共感してしまって、冗談《じょうだん》として笑い飛ばすことが難しかったのである。

「に、二尉……」

「す、すまない。多分、この匂いに頭がやられちまったんだと思う。悪かった。すまんかった。これこの通り」

率直な謝罪が功を奏《そう》したのか、それともへこへこと頭を下げる幹部《かんぶ》自衛官の情けない姿に反感よりも同情心が湧いたのか、隊員達はすぐに伊丹の謝罪を受け容れ、仕事を再開した。

「ところで、二尉はなんでこんなところに？」

「お呼び出しをくらっちゃってさ。江田島《えだじま》さんは？」

「ああ、あの人か。あっちですよ」

伊丹は隊員に礼を言うと、水たまりならぬ黒い油たまりの中で足の踏み場を探した。

施設跡地では、石油精製施設の稼働実験に携《たずさ》わる隊員達により、何やらあちこちで現場検証めいたことが行われていた。その群れの中に、一際目立つブルーのデジタル迷彩服をまとった江田島二等海佐の姿を見つけた。

「江田島二佐！」

伊丹は江田島の名を呼んだ。すると江田島は片手を上げる仕草を返し、伊丹にそこで待つように指示を出すと、作業員に話しかけた。

「この部分の記録をとっておいてください」

「分かりました。二佐」

そして「後はお願いしますよ」と作業員に告げて伊丹に歩み寄った。

「やあ、伊丹二尉。待ってましたよ」

「一体何のご用ですか？」

「実は、少しばかり手伝って頂きたいことがありまして」

「手伝うって、何をです？」

「少し気になることがありましてねぇ。雑用のようなものだと思ってください」

「雑用なら……ご一緒にこっちに来ている海曹がいるんじゃなかったでしたっけ？」

伊丹は、雑用程度のことなら自分の部下を使ってくれと暗《あん》に拒絶した。

だが江田島は伊丹の仄《ほの》めかしに気が付かないのか、それとも分かっていてあえて無視しているのか、こう返した。

「最近、彼は忙しそうにしてましてね。何かとつれないんですよ」

「前にも聞きましたけど、海自さんにどんな仕事があるんですか？」

「仕事ではありませんよ。どうやら大祭典の時に出逢《であ》いがあったようでして。おおかたその娘との逢い引きにかまけているのでしょう」

「で、俺に？」

「はい。お暇《ひま》だと聞きましたから。ダメですか？」

「そりゃあまあ、江田島さんには世話になりましたからねぇ」

真っ向から問われると、伊丹としては嫌とは言えない。江田島には絶体絶命の窮地《きゅうち》に陥《おちい》っていたところを助けてもらった恩義があったからである。

＊　＊

テュカの父、ホドリュー・レイ・マルソーを探す旅から帰ってきた伊丹の報告は、狭間《はざま》陸将を代表とする陸自特地方面隊の幹部達を大いに悩ませるものとなった。

こともあろうに、現職自衛官幹部が他国の内戦に介入してその一方に荷担《かたん》、戦闘行動に参加してしまったからである。

一般の個人であれば、非戦闘員たる子供達を守るためとして正当防衛を主張することもできただろう。しかし自衛官として、片方の陣営に属する形で戦ってしまったのはまずい。

伊丹は日本の国家機関に所属しており、その言動は政府のコントロール下になければならない。自らの判断で勝手に敵味方を選んで行動することなど、あってはならないのだ。

その意味では今回の行動は完全にアウトと言えた。伊丹は、自衛隊にとっても、そして日本政府にとっても、非常に厄介で面倒くさい問題を引き起こしたのである。

狭間は、二週間に及ぶ佐官級幹部達との侃々諤々《かんかんがくがく》の議論の果てに伊丹を出頭させると、喉を絞り上げるような声で告げた。

「この休暇を君が望んでいなかったことは重々承知している。渡航《とこう》許可を出したのも私だ。だから些少《さしょう》のことならば、大目に見るつもりでいた。しかし、ここまでされては庇《かば》いようがないぞ」

「はい。覚悟してます」

さすがの伊丹も、伸ばした背筋に冷や汗を感じざるを得なかった。だが、どんな結果になろうとも、テュカの泣き顔や生まれたばかりの彼女の妹、そしてパルミアの人達の顔を思い浮かべて、後悔だけはするまいと決めていた。

ここで悔《く》いることは、彼女達を助けなければ良かった、パルミア側が敗れ、女子供《おんなこども》が蹂躙《じゅうりん》され、奴隷《どれい》とされるのを黙って見ていれば良かったということになる。

我が身可愛さに、彼女達を助けなければ良かったなどと考えることだけは、いくらなんでもしてはいけないと思ったのだ。人として。

「君の処分は、日本との連絡が回復したら正式に下されるだろう。だが厳しい結果が出ることだけは覚悟しておくように」

最終的に決定される処分は、免職《めんしょく》であろうことが狭間より示唆《しさ》された。

「だからその前に辞表を出せ」

伊丹の前に居並ぶ佐官級幹部達は口を揃《そろ》えて言った。

伊丹もそうしようと思った。もし伊丹が処分を受けたら、テュカは自分のせいだと自身を責めるに違いない。彼女にそう思わせないためにも、自ら辞表を提出して自分の意思で辞める形にした方がよい。

だがその時、反対の声を上げたのが江田島であった。

会議室に押し入ってきた江田島は、突然の横やりを快《こころよ》く思わない佐官達の抗議を聞き流して、最高指揮官たる狭間に語りかけた。

「伊丹二等陸尉の行動は、確かに問題に見えます。しかしそれが『門』再開通に不可欠な物資を調達するためだったとしたらどうでしょうか？」

「な、なんだと？」

これには佐官達もどよめいた。『門』の再開通は特地派遣部隊に課された任務の中でも最優先課題であり、また隊員生存のためにも絶対必要条件である。たとえ上官から動くなと命令されていたとしても、その方法が目の前に転がってきたら飛びついて確保しなければならないのだ。

従って伊丹の今回の行動がそれに該当すると言われれば、厳しい意見を口にしていた佐官達も耳を貸さないわけにはいかない。

「レレイさん、どうぞ」

江田島に促《うなが》されてレレイが歩み出た。そして皆の注目を浴びる中、レレイは抑揚《よくよう》に欠

特派
江田島

けたいつもの口調でこう告げた。

「『門』を開くための材料としてガラスが必要。だけどこの世界にガラスの製法はない。だからガラスの製造法を一から研究しなければならないと思われていた」

「そのことは報告を受けて知っている。我々としてもその研究を可能な限り支援するつもりでいた」

「だけど、知っているということとできるということは異なる。貴方達には知識はあっても技術はない。例えば坩堝《るつぼ》はどう扱えばよい？　窯《かま》の煉瓦《れんが》はどのように積み上げればよい？　どうやってこちらの求める形状に成形する？」

「それを言われてしまうと、グゥの音も出ないな」

「だけど、今回の旅でイタミがガラス製造の技術を知っている部族を見つけた」

「なに、本当か⁉」

「どうしてそれを早く言わん！」

今度は伊丹が注目を浴びることとなり、流汗滂沱《りゅうかんぼうだ》する。

「え、でも、その、どんな関係が？」

江田島が、伊丹に喋《しゃべ》らせまいとするかのように解説を再開した。

「レレイさんからガラスが必要だということを予め《あらかじ》聞いていた伊丹二尉は、旅先で

『ラァスィ』と呼ばれるガラスブロックで造られた宮殿を発見して、これだ！　と思ったのです。しかし、こちらの世界ではガラスは貴重品で、その製法は堅《かた》い秘密で守られています。我々の世界でもかつて絹や鏡の製法が、国家機密として外部に知られないようにされていました。それを考えれば、不思議なことではありません。教えて下さいと頼んでも易々《やすやす》と教えてくれるものではない。それなりの関係というものを築く必要がある。それもかなり好意的なものでなければ……」

狭間は机に覆い被さるような勢いで身を乗り出すと「その通りだ」と力強く頷《うなず》いた。

「しかし、これから戦いが始まり、下手をすると非戦闘員が傷つけられてしまうかも知れないという状況なのに、それを見捨てて冷たく立ち去ってしまう人間が、果たして好意を得ることなどできるでしょうか？」

「む、無理だな」

幹部の一人として同席していた健軍は、苦虫を噛みつぶしたような表情で頷き、江田島の論説の正しさを認めた。

「時間があればゆっくりと友好を深めていくことはできます。しかし我々にそのような時間がないのは皆さんもご承知の通り。伊丹二等陸尉は苦渋の選択を強《し》いられることとなりました。その後、彼がどう振る舞ったかは伊丹二尉の報告の通りです。伊丹二尉の活躍によって、フロート族族長の陰謀《いんぼう》が暴《あば》かれた。そうして我々は、ガラスの製造技術を得る可能性を手に入れたのです。そうでしたよね伊丹二尉？」

「え？　えっ⁉」

突然、江田島に話を振られた伊丹は答えに窮《きゅう》した。

するとと江田島が両手を広げるオーバーアクションで皆に告げた。

「皆さん、伊丹君はそうだと言ってます」

「いや、ちょっと待て……今のはどう見たって、そんなこと考えてもいなかったという顔を……」

空自の神子田《かみこだ》が呟《つぶや》くも、久里浜《くりはま》が頭を叩く。

「しっ、黙ってろ」

「でも……」

「いいから」

空自幹部の会話に被せるように健軍は言った。

「だが、いかにガラスの製法を手に入れるためとはいえ、今回の伊丹の行動は……」

「独断での行動は確かに問題です。ですがアルヌスから遠く離れた地で、いちいち報告に戻って対応を相談している余裕がなかったことを考えれば、致し方なかったのではないでしょうか？　我々は今、特殊な状況下にあるということをもう一度思い出すべきです。防衛大臣からの『あらゆる行動を許可する』という言葉を柔軟《じゅうなん》に解釈して適用すべきなのではないでしょうか？」

「し、しかしだな……」

江田島は話の相手を狭間に絞った。

「現状を顧《かえり》みてください。我々は祖国との繋がりを断たれて、多くのことにおいて建前通りに運用できないでいます。例えば、麓の街に行ってみれば、刀剣や弓などで武装した自警団の姿を見ることができますが、これは本来ならば銃砲刀剣類所持等取締法違《じゅうほうとうけんるいしょじとうとりしまりほうい》反《はん》、さらに警備業法違反です」

「乙種《おつしゅ》や丙種《へいしゅ》の害獣が跳梁《ちょうりょう》している現状を顧みれば、仕方のないことだ。獰猛《どうもう》な動物がいる場所を往来するのに丸腰を強《し》いたら、このアルヌスに商人達が寄りつかなくなってしまうからな」

「そうです。さらに言えば帝国から支払われる賠償金《ばいしょうきん》、これは本来手をつけることなく財務省に引き渡すべきもののはず。しかし我々はこれに手をつけている」

「それも分かっている。だが……」

「そうです。仕方がないんです。そろそろ認めませんか？　この特地世界に孤立している我々は組織を維持し生存していくために、仕方がないという理由で、多くのことについて見て見ぬ振りを積み重ねていることを」

「……」

江田島のこの言葉を聞いて、多くの幹部達が深々とため息をついた。

「狭間陸将は、伊丹二尉に休暇と渡航許可を与える際、同時に北方の様子を探ってくるよう命令しておられますね」

「そうだが」

「ガラスの存在を確認。その入手可能性の拡張のための現地における世論工作。……彼がその行動を決断したとき、彼は任務遂行中であったとは言えないでしょうか？」

「いや、いくらなんでもそれはこじつけに過ぎる！」

「さて、ここでレレイさんからの報告です。朗報《ろうほう》ですよ」

するとレレイが内懐《うちぶところ》から一通の書簡を取り出す。

「ここに旧ヤルン・ヴィエットの三部族長会議長からの手紙がある。イタミの名でガラス職人の招聘《しょうへい》を願ったことへの返事」

「そ、それで!?」

まるで号令でもかかったかのように幹部達は一斉に立ち上がった。

その鬼のような形相は、レレイが目を丸くして一歩後ずさったほどだ。

手紙がレレイから江田島を経て、健軍へと手渡される。

「一佐、読めるんですか？」

用賀二佐の言葉に健軍は重々しく「うむ」と頷く。

「ヴィフィータちゃんから習ったんだろ。どうせ」

「黙れ」

健軍は神子田の揶揄《やゆ》に噛みつくような顔で返すと、ゆっくり羊皮紙《ようひし》の文書を開いた。

「健軍君、何と書いてあるのかね？」

健軍は狭間の問いに答えるために急いで手紙に目を走らせていたが、突然顔を上げて伊丹を睨《にら》み付けた。

「伊丹、お前向こうで何をやった？」

「えっと……報告した通り……のはずですが……」

「シルヴィアとかいう族長が、とんでもなくお前を褒《ほ》め称《たた》えているぞ」

「健軍君、とんでもなくとはどんな感じかね？」

狭間が早く内容を教えろと急《せ》かした。

「例えば伊丹がいなければ自分は野獣に襲われて死んでいたとか、何の罪もないパルミアの人々が傷つけられるのを伊丹が防いだとか……だからイタミ卿《きょう》のたっての願いなら、国や部族を傾《かたむ》けるようなことになろうと全力で助力するとか。非常に難しかったが、フロートの部族長を何とか説き伏せて国家機密の技術を提供するよう取りつけたとか、挙げ句の果てに、イタミ卿は何時《いつ》こちらに戻ってきてくれるのか……といった感じで、言葉の端々にまるでラブレターみたいな美辞麗句《びじれいく》がちりばめられています」

伊丹は乾いた笑い声を上げることしかできず、狭間は眉根を寄せた。

「ガラス製法の提供はありがたいが、重要な機密にしては、扱いが安易に過ぎる気がする。あとでとんでもない条件がついてくる可能性は？」

「ええと、無いと思います」

「伊丹君。シルヴィアっていうのはどういう人間なのかね？」

「えっと……一言で言うなら、とにかく惚《ほ》れっぽい子でした」

伊丹のシルヴィア評は、少し辛辣《しんらつ》だ。

伊丹に助けられるやコロッと惚れ、ホドリューに優しくされると簡単に靡《なび》いてしまうという、気が多くて衝動的で状況に流されやすく、何に対してもブレまくる娘であったからだ。

しかしそんな彼女も、国民のために戦争を防ぐという信念だけは、危なげながらもなんとか貫き通していた。

ところが、ここに来て国家機密を提供するなんて言い出してしまうのはどういうことだろうか？　地方の弱小部族にとって、こういった名産品の製造技術は宝だ。ガラス製法技術の独占によって何人の民を養うことができるか。それを安易に流出させるのは、国に対する裏切りに等しいとも思えた。

シルヴィアの申し出が社交辞令と修辞《しゅうじ》を含んだ表現ということを差し引いても、やっぱりブレるという点では一貫している娘さんなのかもしれない。

とはいえ、そのシルヴィアがガラス職人を貸すと決断してくれたのだから、感謝こそしても悪く言う理由はない。伊丹は「ま、良い子でした」と彼女についての評価をまとめ、裏で何か悪辣《あくらつ》なことを考えているという可能性はないだろうと告げた。そして自分達の恩人としてシルヴィアの名を深く銘記《めいき》するよう狭間に求めたのである。

「ならばありがたく受け取るしかないな」

立ち上がっていた幹部自衛官達は、狭間の言葉を聞いて脱力したように静かに腰を下ろしていった。

「これで『門』が開くのか」

「建造はこれから。でも懸案《けんあん》だった材料が揃った」

レレイが答えると、あちこちから安堵《あんど》のため息がこぼれた。その厳しさの抜けた顔を見れば、彼らがどれだけ『門』の再開を待ち望んでいるかが分かる。

そしてこの朗報の前にあって、伊丹の行動は、『門』再開のために必要だったという江田島の弁護は俄然《がぜん》説得力を増した。というより『門』が開くなら、伊丹の多少の逸脱《いつだつ》行動などどうでも良いことのように思われたのだ。

「いかがでしょうか？　枝葉末節《しようまっせつ》の些細《ささい》なことにこだわったりせず、四方丸く収める方向でこの問題を見ることにしませんか？」

意訳すると「みんなで幸せになりましょう」である。江田島のこの一言がダメ押しになった。

「どうします？」

「まあ、そういう事情があったのなら、報告の際にその旨《むね》を申し添えても良いと思うが」

幹部達は消極的にではあるが、「伊丹の今回の行動は独断による危険な行動だが、『門』を開いて日本との連絡を再開するためには必要な措置《そち》であった」とする江田島の提案を、受け容れることにしたのである。

無論、この問題は政治マターとして扱われるものだから、この場で全て決着がつくものではない。だが、今彼らが置かれている特殊な状況下では、現場からの意見が大きな影響力を持つ。

「忘れるな、伊丹。あくまでも『門』が無事に開いたならばの話だぞ」

「それまでお前は処分保留の身の上なんだ。大人しくしているんだぞ、分かったな」

それは、あくまでも『門』が開いたらという条件付きではあったが、幹部達の態度決定はこうして保留されることとなったのである。

これを問題の先送りとも言う。あるいは、みんなもう疲れ切っていて、面倒くさいことは考えたくなかっただけなのかも知れない。

＊　＊

江田島は伊丹に語った。

「まぁ、『門』が開かなければ我々の人事は凍結《とうけつ》されたままです。つまり貴方の今回の行動が、本当の意味で問題になるのは『門』が開いた時だけなのです。そして『門』の再開通がなったらなったで、それに貢献《こうけん》した貴方の活躍もクローズアップされるのは必定《ひつじょう》。今回のことも華々しい成功の文脈内のささやかな逸脱《いつだつ》として受け止められるはずです。ま、いざとなったら私もコネクションを使って力の及ぶ限り貴方の弁護をさせていただきますから、心配は要りませんよ」

伊丹は深々と頭を下げた。

「ありがとうございます。なんとお礼を言ったらよいか」

「お礼なんて結構です。恩に着せるつもりはありませんので、私の依頼を断ってくださってもよいのですよ」

にんまりと笑う江田島を前にして、伊丹は開き直った気分で言った。

「そういうわけにはいかないです。お手伝いさせていただきます」

どうやら伊丹の反応は江田島の目論見《もくろみ》通りだったようである。江田島は伊丹が後ろに続いてくることを疑う様子すら見せずに、歩き始めたのだった。

江田島は背後の伊丹に向かって語りかけた。

「実は、私も、自分が同じ状況に巻き込まれたらどう振る舞っただろう、と考えてみました。理不尽な理由で始まった戦争。負ければ女子供《おんなこども》などの非戦闘員が蹂躙《じゅうりん》される可能性大。戦況を膠着《こうちゃく》させ時間を稼げば、戦争を止められる可能性があり、自分にその力がある……アフリカなどの部族紛争で似たような状況が考えられますね。例えばスーダンなどがそうです。任務を帯びて現地に派遣されたとして、宿営地を設けていたなら話は簡単で、守りたい者を内懐に抱え込んでしまえばいい。そうすれば誰にも文句をつけられない正当防衛の状況を作ることができる。ですが、あの時貴方は個人でしかなかった」

「江田島さんは、考えた結果どんな結論を出したんですか？」

「自衛官としては、あくまでも問題に関わるのを避けるというものでした。たとえ休暇であり個人で行動していたとしても、私達は日本という国家の腕の一本と見なされます。私達制服組に国の意思を独断で決める権利はない。それは主権者たる国民が決めることです。ですから何としても、状況に巻き込まれるのを避けなければならないのです。そのことは貴方にもう一度申し上げておきたい」

「そうですよね」

「ただ、そうした場合、私はおそらく自衛隊を辞めています」

「どうしてですか？」

「非戦闘員が傷つけられるのを黙って見過ごした自分を、許せないからです。私は艦《かん》というものが好きで海上自衛官となる道を選んだ。でもそれを、人間として為すべきことを為さなかった理由にしたくない。だから貴方の選んだ道は、自衛官としては間違っているかも知れませんが、尊《とうと》いことだったと思うのです。それゆえに、ほんの少しばかり庇ってみたいと思いました」

「………」

「私のしたことは、言うなればそんなささやかな自己満足から出たものなのです」

この江田島の言葉に、伊丹は殊勝《しゅしょう》にも頭を下げたのだった。

伊丹は江田島に連れられ、プラントの隣に建てられた業務用テントに赴《おもむ》いた。中に入ってみると、テーブル上に、焼け焦《こ》げた鉄パイプが何本も並べられている。

「これは？」

「今回の事故の原因です」

「江田島さんは、こういうの分かるんですか？」

「多少のことは……というのも、艦というのは、実はこういうものの集合体だからです」

「で、俺はどんなことをすればよいんですか？ このパイプを片付けることとか？」

「そうではありません。そんなことなら、それこそ誰にでもできることです」

江田島は伊丹に鉄パイプの一つを見せた。

「これをご覧なさい。このパイプ、縦に亀裂《きれつ》が入っているでしょう」

「え!? ええ。そうですね？」

「これらの部品の多くは、地元の鍛冶屋《かじや》さんに頼んで作ってもらったものです。ただ、彼らの中には、このように鉄などの硬い金属で中が空洞《くうどう》の物体を作ったことのある方はほとんどいません。ですから今は手探りで作ってもらっている状態なんです」

「で、できあがったのがこれ？」

「はい。こちらの世界でもこうした管状の……例えば水道管などは作られているんですが、銅《どう》や鉛《なまり》などの柔らかい金属板を丸めてハンダ付けするという製法が採《と》られているのだそうです。ただ、今回は厚みのある鉄を使っています。そのため同じ製法でやると強度の面でどうにも具合が良くない」

「ってことは、それが事故の原因？」

「私はそう考えています」

江田島は入荷されたばかりの新品の鉄パイプを伊丹に見せた。

望遠鏡のようにして中を覗《のぞ》くと、ところどころ亀裂が走っているのが見える。表面から見れば綺麗に繋いだつもりでも、内側ではくっついていないのだ。

「あらら、これじゃあ圧力がかかった時に吹き飛んでも仕方がないですね」

「そうです。しかし問題はそれだけではありません……」

江田島はテントの端に置かれた箱に手を伸ばし、伊丹の前に置いた。その中には数本の鉄パイプが入っていた。

「これは？」

「裂け方をご覧なさい」

見るとそれらのパイプには、縦の裂け目はなく、何か鋭角な物体の角に叩きつけたかのように横に亀裂が入っていた。

「製法の未熟さが原因なら、この鉄パイプも縦に裂けているべきです。しかしこの亀裂の入り方は全く違う。斧《おの》か何かで殴打されたようにしか見えない」

他のパイプは、内側から外側に力がかかったことによる亀裂なのに対して、こちらは外から内に力がかかったことを示すように凹《へこ》んでいるのだ。

「ってことは、誰かが意図的に？」

「はい。私はこれを事故現場で発見した瞬間、何者かによる破壊工作を確信しました」

「それならすぐに警備態勢を強化しないと……」

「いえ、現段階では、このことは伏せておくようにというのが狭間陸将のご指示です。現在、狭間陸将以外でこれを知っているのは私と貴方だけです」

「どうして秘密に？」

「第一に、事故の直接の原因が、この鉄パイプの破損ではないからです。第二として陸将は隊員達の心理的な要因を挙げられました」

「隊員達の心理……ですか？」

「はい。故郷から切り離されて長くなったせいか、隊員達の士気の維持がいよいよ難しくなってきています。隊員達が不良行為に走らないのは、街の住民達との関係が良好だからと言っても過言ではありません。しかし、そんな時に何者かによる妨害工作を知ったとしたら、隊員達の疑念や憤《いきどお》りはどちらの方向に向かうと思いますか？」

「妨害している敵……ですよね」

「しかし、その敵の姿が見えないとなるとどうでしょう？　街に紛れ込んでいる誰か……という目で見てしまう。すなわち、不特定多数が相手になってしまいます」

「住民混在の戦闘は、敵味方の区別に神経を使うからキツいですよね」

「見てはっきりと区別できないならなおさらそうです。人間というのは単純な生き物ですから、坊主が憎ければ袈裟《けさ》まで憎くなる。自分を取り囲む不特定多数の中に敵がいるかも知れないと思い始めると、その不特定多数全体を嫌悪し、敵視し始めてしまいます。そのような態度が隊員達の言動として現れることだけは避けたい」

「確かに問題ですね」

人間というのは、良く思われている相手に対しては良くしたいと思うが、自分を嫌っている相手には嫌悪感を返すのが自然だ。自衛官達の態度が攻撃的なものになれば、街の住民も自衛官に良くない感情を抱くようになってしまう。

「互いに疑心暗鬼《ぎしんあんき》に陥ってトラブルが起き、憎しみ合う。そんなことが起こらないようにしたい。そのためには我々だけで、せめて敵がどのような存在なのかという目星くらいはつけておきたいのです。お願いできますか？」

「なるほど」

伊丹は少し考えた。事の重大さは理解できるが、果たして自分に、江田島の期待に応えられるようなことができるか分からなかったからである。

だが、伊丹は立候補したわけではない。自分を使うことにしたのは江田島の側だ。ならば自分にできることをすればよいと理解した。

「はい。分かりました」

＊　　＊

狭間は、会議室にずらりと並ぶ佐官達を見渡した。

担当者の用賀二等陸佐がパワーポイントを用いて、炎上する石油プラントの写真を次々と壁に映し出していく。

「第一次石油精製施設稼働実験……爆発炎上」

「第二次石油精製施設稼働実験、爆発炎上」

次々と写真を替えながら、用賀二佐は言い放った。

「第三次、第四次と爆発炎上を繰り返し、第五次も爆発して終わったわけです」

用賀はそう報告して腰を下ろし、現場総指揮者の健軍が集まった者に語りかけた。

「石油精製施設などと呼んでいても、実際の規模は街のガソリンスタンド程度だ。千葉や川崎にある本格的な施設で働いている者が見たら、きっとおもちゃにしか思わないだろう。だが、これが我々陸上自衛隊特地派遣部隊にとっては、枯渇《こかつ》寸前の燃料を安定的に手に入れるための手段である。第六次実験を成功させるために、皆からの忌憚《きたん》のない意見を聞きたい」

狭間陸将が額《ひたい》に深く刻まれた皺《しわ》を揉《も》みほぐしながら用賀二佐に尋ねた。

「今回の失敗の原因はなんだね？」

「部品加工の精度、材料の品質の不均等、工作技術の問題、計測装置の精度不足等々です」

「いくら知識があっても、形にする加工技術なしでは、化学工業設備は成り立ってはいかないということか？」

「そういうことです。実際、この仕事を担当してみて嫌と言うほど思い知りました。鉄パイプ一本つくるのにも、日本の技術者達は気の遠くなるほどの技術を駆使《くし》しているんだってことを……」

「どうしたらよい？」

「麓の街にいる職人の技術が向上するのを待つしかないのが現状です」

「この世界の鉄加工は鍛造《たんぞう》が主流だったよな？」

「そうです健軍一佐。鋳造《ちゅうぞう》が一般化するのを待ってはいられません。なのでこちらから技術的な提案をしていこうと思っとります」

「火縄銃《ひなわじゅう》方式だったな……」

狭間は額に手を当てた。

戦国時代の日本では、真っ赤に焼いた鉄をトンテンカントンテンカンと鉄槌で叩く鍛造方式で火縄銃を作っていた。

真金《まがね》に細い鉄をぐるぐると巻きつけ、焼いて叩いて鍛着、一体化させ、後で真金を引き抜くことで中が空洞な銃身ができるというやり方だ。

この方法なら、アルヌスにいる鍛冶職人達でも真似できる。自衛隊が要求する強度の鉄パイプを生産することが可能になるだろうと思われていた。

「だがそれは、この特地住民に鉄砲の造り方が伝わってしまうことを意味する」

技術は一度伝わればどんどん拡散していく。帝国軍が銃砲火器を装備した軍隊を揃える状況も、そう遠くない未来に起こりうると考えなくてはならない。

もちろんその程度で日本の優位性が即座に崩《くず》れるわけではない。だが、それを良しとするかは熟考しなければならない。

日本を振り返ってみても、明治維新からわずか四十年でロシアに勝利するまでに近代化できた。技術の伝授は、我が身を傷つける諸刃《もろは》の剣と考えねばならないのだ。

「陸将！　小さな蒸留機を用いた精製はうまくいってるんです。こうなったらそれを百台程増強して精製していったら、必要量を確保できるのではありませんか？」

会議室の末席にいた柘植《つげ》二佐からの声に、用賀二佐が答えた。

「それは我々も考えた。だが小型の蒸留器では効率が悪い」

「効率なんて数でカバーできるだろ？」

「極端なたとえ話だが、百リットルの燃料を精製するのに五十リットルの燃料を使ったら、手元に残るのは半分だ。もし百リットルの燃料を必要とすると、原油は倍の量が必要で、それを運ぶトラックは倍の燃料を食い、運転したり警備する隊員も倍が必要で、タイヤの消耗《しょうもう》も倍となる……」

「油田のあるエルベ藩王国は遠いですからね」

「だからこそ、百リットルの燃料を作るのに必要な燃料を十リットル、五リットルへと減らす石油精製施設の稼働が望まれるのだ」

「しかし陸将、『門』再建の目処《めど》が立ったと聞きます。ならば石油精製施設は不要なのでは？」

柘植二佐が手を挙げた。

『門』の再開通にどれだけの時間がかかるか分からないからな。いついつまでに必ず成功するという保証がない以上は、燃料確保の手段は保持しておきたい」

「今年は冬が来るみたいですしね」

「去年は雨季《うき》と乾季《かんき》しかなかったと思ったが、今年は四季があるようだ」

幹部達の言葉に狭間は「うむ」と頷いた。

「カトー先生によれば、地震と同じで世界が歪《ゆが》んでいた影響による異常気象らしい。どれだけ寒くなるか予想もつかないから、暖房のことを考える必要もある」

「では？」

「火縄銃方式の鉄パイプ製造技術の提供を許可する。ただし技術の拡散を極力防ぎたいと思うので工夫して欲しい」

すると用賀二佐も既に考えていたのか、答えをすぐに返してきた。

「地元の鍛冶職人を対象に、クローズドなギルドを設立させるやり方を考えてみます」

「うむ。この特地に我々の科学技術や知識をやたらと持ち込まないと、ロゥリィさんとの取り決めにもある。そのあたりも彼女に確認しておいてくれたまえ。いいな?」

「はい。分かりました」


会議を終えて廊下《ろうか》にぞろぞろと出てくる燃料生産委員会の幹部達。そんな幹部達の流れに逆らって、江田島と伊丹は会議室へと向かっていた。

「江田島です」

「おう、江田島君か」

狭間は会議室に残って書類を見ていた。だが、江田島の姿を確認すると書類を脇に押しやった。

「なんだ、伊丹も一緒か?」

「ちょうど、暇そうにしてましたので、彼に手伝ってもらうことにしました。何か問題がありますか?」

「いや、特にない。伊丹ならば、暇そうにあちこちうろうろしてても誰も怪しんだりはしないだろうからな」

「ええ、実に得がたい人材だと言えます」

「で、どうだったかね、調査の結果は？」

「今回も妨害工作の痕跡《こんせき》がありました。ただ妨害工作がなくても失敗したでしょうけれど……」

腕を組んで考え込む狭間。

「どうしたらいいかな？　江田島君」

「本来なら警戒を厳《げん》にすべきでしょう」

「そうだ。だが、敵の目的が分からない」

「我々の存在そのものが目障《めざわ》りだという者がしていることならば、石油精製施設に対する破壊工作で収まっているはずがありませんからね。いずれ別の何かがターゲットになるでしょう」

伊丹が手を挙げた。

「破壊の対象が今のところ石油精製施設に限られているのは、つまりどういうことでしょうか？」

「何らかの意思表示だろう」

「それ以上のことをしないのは、失敗すると分かっているからですね？」

「その通りだ、江田島君。それはつまり石油精製施設の稼働が成功しそうになった時に、妨害活動が本格化するということでもある」

「石油精製施設を動かしたら壊すぞ……か。環境保護団体の仕業《しわざ》だったりして」

特地にそんな団体が存在するはずがないと分かっていて伊丹は軽口を叩いた。

だが、狭間は真顔で頷いた。

「そうかも知れんな」

「え？」

伊丹が疑問を差し挟む隙もなく江田島が続けた。

「いずれにせよこのままにしておくわけにはいきません。なんらかの対処を行うべきです」

「そうだ。これが我々の存在が気にくわない者の企《くわだ》てなら、いずれ手がける『門』再建がターゲットにされる可能性もあるのだからな。江田島君、苦労をかけるが、そこのところをなんとか探ってほしい。伊丹二等陸尉、江田島君に協力することを命じる」

伊丹は戸惑いつつも、ピンと背筋を伸ばした。

「はっ、分かりました！」

「陸将。そこで提案があるのですが……と、その前に、『門』再建の準備は現在どうなっているでしょう？」

「この間レレイさんに聞いた話では、設計図を引き終えたところだそうだ。あとは資金の手当てや、物資の準備を進めていくだけだ。無理をすれば今すぐにでも始められなくもないが、彼女はとにかく慎重《しんちょう》派だからな……それがどうしたのかね？」

「やればできるという状況なら、『門』再建の開始を公表しましょう」

「危険なのではないか？」

「危険を避けていては敵の意図は見えません。それに、私が見たところ隊員達の士気の下がり方が、殊《こと》のほか酷くなっているように見受けられます。隊員達に希望を与えたいと思います」

伊丹は「そう言えば……」と、迂闊《うかつ》な冗談で顔色を変えた隊員達を思い浮かべた。

「『門』再建計画を囮《おとり》にして敵をあぶり出すと？」

「はい。このままでは我々特地派遣部隊の組織を健全に保つことも難しくなりますので」

「私は敵への備えを万全に講じた上で、レレイさんに『門』再建に取りかかってもらいたかった」

「ご配慮《はいりょ》は当然です。しかし石油精製施設と違い、『門』建設の予定地はこのアルヌス駐屯地《ちゅうとんち》の中。妨害を企図する者がいても、人員や装備が危害を受ける恐れは低いかと思います」

「分かった。安全への配慮を前提にするなら君の計画に乗ってもいい。伊丹君、すまんがレレイさんをここに呼んで来てもらえるか？　『門』再建については私から話をしようと思う」

「あ、はい」

伊丹はすぐに会議室から出て行った。

その背を見送った狭間がぽつりとこぼす。

「レレイさんに無理を強いることになる。彼女はきっと良い顔をしないぞ」

「良い顔も何も表情の乏《とぼ》しい娘ですから。とはいえ彼女は聡《さと》いので、我々の求めにきっと応じてくれますよ。何しろそれ以外の選択肢はないんですから」

狭間は江田島をジロリと睨んだ。

「君も阿漕《あこぎ》な男だ」

「三人娘は扱うのが難しい。ですが動かすことはそう難しくありません。彼の生殺与奪《せいさつよだつ》権を我々が握っている限りは誘いに乗ってくれます。問題は、彼が今回の旅で我々の想像以上のことをやらかしたことでしょう。後始末が思いやられます」

「私だって彼があそこまで大胆なことをするとは思わなかった。幹部達を納得させる方法に苦慮《くりょ》したよ」

「あれで充分だと思いますが」

「はっ、馬鹿にするのもほどほどにしろ。みんな礼儀正しいから欺《だま》されたフリをしてくれているだけだ。伊丹自身だって薄々気が付いているはずだぞ」

「そうなのですか？」

「どうして自分ばかりが、と考えていけば、必然的にたどり着く結論だ。とにかくこの件の提案者は君だ。本件に付随して発生する面倒の始末も君がつけろ。私が反対したことは決して忘れるな。いいな？」

「ええ、分かっておりますとも……」

江田島は恭《うやうや》しく頷いたのだった。

『門』の再建計画が、アルヌス協同生活組合から公表されたのは、その数日後のことであった。

02

レディ・フレ・ランドールの人生は生まれた時から順風満帆《じゅんぷうまんぱん》であった。

皇帝の一族。皇姪《こうてつ》。

皇弟《こうてい》ブレンデッド・ソル・ランドール公爵の娘。

彼女に付随する様々なステータスが、その穏やかさを支えた。

大人達からはちやほやされ、大勢のメイド達には傅《かしず》かれる。喉が渇《かわ》いたと訴えれば、美味しい果汁を満たした杯がたちまち運ばれて来たし、欲しいモノはすぐに手に入った。

要するに欲を抑える、耐えるといったことを必要としない環境で育ってきたのだ。

しかし、人間そんな育ち方をしたら、当然まともな人格を得るのは難しくなる。

我慢や忍耐を知らないとなれば、いくら帝国貴族であっても、軽蔑《けいべつ》され、疎外《そがい》されてしまうものだ。

そのため彼女の父は、レディの人格の陶冶《とうや》に工夫を凝《こ》らした。躾《しつけ》や基礎的な学問の教師を付けるばかりでなく、歌舞音曲《かぶおんぎょく》に秀でている者を集め、彼らから高評価を得られるようにとレディに命じたのである。

おそらくは厳しい指導と鍛錬とが、高邁《こうまい》かつ品位ある人格の基となることを期待したのだろう。

そしてレディも父の希望に応えるよう努力した。ただし、その方向性は右斜め上、彼女の父が期待したものとはいささか異なるものとなった。

「お、お嬢様が悪いんです！」

これぞと選んだはずの教師が、ことごとくレディに買収されてしまうのである。

教師も人間であるからには虚栄心《きょえいしん》、栄達欲《えいたつよく》がある。物欲ならなおさらだ。

レディは相手が内心で欲している物を読み取る才に長《た》けていた。そしてそれらを仄《ほの》めかし、あるいは実際に贈って、たちまち教師達を意のままに操るようになった。

要するに、向上心や努力とは異なる方法で、高い評価を獲得することに成功したのである。

もちろん実際の能力と評価との落差が大き過ぎれば、逆に自分の立場を失うことになると教師達も分かっている。だが、人間とはどうにも目先の欲に飛びついてしまう生き物である。加えて自分に対する過信も悪く働いたというべきだろう。

教師達は、後から少し余計に頑張《がんば》れば（教師としては「頑張らせる」だろう）取り返しがつくという楽観論に立って、とりあえず目の前の小さな問題には目をつぶった。

その結果、それらの累積《るいせき》が手に負えなくなるまで大きくなってから自分が破滅に向かって突き進んでいたことに気付くという、ある意味まじめな人間が転落するというか、はたまた好成績を挙げていたはずの企業がある日突然破綻《はたん》するといった道程の典型例に、皆が陥ったのだった。

先の叫《さけ》びは、馘首《かくしゅ》を言い渡された教師達が決まってこぼす捨て台詞だ。教師達としても自分を破滅に導いた小悪魔について、そう発言せずにはいられなかったのだろう。

「その才覚と熱意をお稽古《けいこ》にお向けになればよろしいのに」

これは、そうした一部始終を見ていたランドール家の執事《しつじ》ヘンリーの呟きである。

対する当時十歳のレディの返事は、「だってお稽古なんかよりよっぽど面白いんですもの」であった。レディはこの頃から他人を『手段』として操作する才覚の片鱗《へんりん》を見せていたのだ。

そんなレディである。社交界にデビューしてからの彼女の活躍は、当然の如く皆の注目と関心を集めていくこととなる。自分より上と見るや貶《おとし》めて引きずり落とし、逆らう者は徹底的にいじめ抜いて見せしめにした。さらには権力や弁舌《べんぜつ》、その他様々な力を動員して周囲に心服《しんぷく》を強いたのである。

こうしてレディは、同年代の女性貴族の間で着々と権力地盤を築いていった。

ブレンデッド・ソル・ランドール公爵は、そんな娘に慈しみとある種の諦念《ていねん》の混ざった複雑な視線を向けながらこう告げた。

「帝国を支配する我が一族の宿痾《しゅくあ》からは、女として生まれても逃れられないというわけか。よかろうレディ、お前がそういう生き方を望むのならば儂《わし》はもう何も言うまい。好きにやるがよい」

そこで「絶対に越えてはいけない一線がある」とか「程度を弁《わきま》えよ」といった訓戒《くんかい》を与えないあたり、ブレンデッドも良い感じに宿痾患者《かんじゃ》である。このような父の言葉に励まされたレディは、ますます自らの勢力拡充に力を入れていったのだった。

レディは、長ずると共に自他共に認める帝都社交界のオピニオンリーダーとなった。彼女が認めるものが認められ、彼女が認めなければ皆がそれを受け容れない。そんな雰囲気が帝都の貴族社会に満たされていった。

だがある日、彼女の手には負えない大嵐が吹き荒れた。

ゾルザルという男の破壊的な暴力が、彼女の力など何の役にも立たないということを周囲に知らしめたのである。そして、その大嵐が過ぎ去った後に残った風景は、以前とはガラッと変わっていた。

ピニャ・コ・ラーダという従姉妹《いとこ》が率いる、レディから見ると風変わりな武張《ぶば》った女達が、帝国の貴族社会に一大勢力を築いていたのだ。

「パレスティー侯爵閣下、並びにご令嬢《れいじょう》ご入来《にゅうらい》！」

ここは、シゴリス王国のエベレス王太子の婚約披露祝賀会場。そこにパレスティー侯爵と、その娘のボーゼス・コ・トミタが並び立って入場してきた。

至尊《しそん》の座を得るであろうピニャの側近中の側近。そしてレディにまつろわぬ女達、すなわち薔薇騎士団《ばらきしだん》における代表格だ。

人々の視線はそんなボーゼスに、否が応でも引き寄せられていった。

「ボーゼス様、前よりもいっそう美しくなられたのではなくって？」

「きっと神々の祝福をお受けになったからね。ああ、なんて素晴らしい！」

出産し、結婚し、さらには神々の祝福を得て自信を深めた彼女の艶《あで》やかさは豪奢《ごうしゃ》この上なく、レディですらため息をついてしまうほどだった。

「明日には、アルヌスに戻られるらしいから、ご挨拶《あいさつ》してなんとしても名前を覚えて頂かないと」

皆がパレスティー侯爵のところに行ってしまう。かつてパレスティーの名を聞いただけで顔を顰《しか》めていた人々は、もうどこにもいないようであった。

レディの胸中に嫉妬《しっと》を代表とする不快感のカクテルが込み上げてくる。

これまでのレディだったらこのようなことは決して許さない。ボーゼスを虐《いじ》めるばかりか、パレスティー家を零落《れいらく》させようと、あの手この手の誹謗《ひぼう》を試みただろう。

だが、もう勝負はついていた。帝都に始まって、アルヌスで終わった彼女との戦いは、レディの完敗であった。レディは心にさざ波が立っていることを周囲に気取られないよう会場の壁際に引き下がり、皆に背を向けるしかなかった。

「ヴェスパー、噂《うわさ》を聞いたかい？」

「唐突《とうとつ》になんだブザム？　エベレス王太子の婚約者マスミ嬢が、実はクラ男爵の愛人だったという話なら知っているぞ」

「ち、違うよ！　ってその話ホントかい？」

「若干の訂正がある。『だった』ではなく、現在進行形で愛人だ。二人とも別れるつもりはないようだ」

彼らのそんな声が聞こえたのは、主役の座を奪われたレディが、悔《くや》し紛《まぎ》れに料理をぱくっついていた時である。

盗み聞くつもりはなかったが、二人の会話がつい耳に入ってしまった。

ボーゼスと歓談しているエベレス王太子の屈託《くったく》のない笑顔を見て不愉快さを感じていたが、それを聞いてなんだか胸がすうっとした。王太子の隣にいるマスミの肩を叩いて、上手くやったわねと称賛《しょうさん》したくなる。

「ふむ。その話でないとすると、貴公が気にしているのはピニャ殿下についての噂か？」

「そうだよ。皇帝陛下より皇太女府開府《かいふ》のお許しが出たと聞いた。陛下もとうとご譲位《じょうい》を決意なされたらしいね？」

そうっと声の主を盗み見る。すると貴公子然とした黒髪の長身ヴェスパー・キナ・リレ男爵と、栗色の髪をした軽薄そうなブザム・フレ・カレッサー勲爵士《くんしゃくし》の姿が見えた。

「はっ、嘆《なげ》かわしい話だ！」

「まあ、そう声を荒らげるなよ、ヴェスパー。ゾルザル、ディアボの両殿下が皇位継承争いからご脱落遊ばされた今、帝位を継ぐに相応《ふさわ》しいのはピニャ殿下しかいないんだから。もちろん僕とて、女性が至尊の座を占めることに思うことがないわけじゃないよ。けど殿下が先の内乱で示した手腕は、性別なんて要素をさっ引いたとしても、認めないわけにはいかないと思わないかい？」

「もちろん認める。あの方には軍才がある。だが私はピニャ殿下が帝位を継ぐことには反対だ」

「どうしてだい？」

「ピニャ殿下には、帝位を継ぐ正統性がないからだ」

「口を謹《つつし》んで欲しいよ、ヴェスパー。僕は友達を不敬罪で失いたくないんだ。その言葉は聞かなかったことにするから、君も言わなかったことにしておくれ」

「分かっている。聞いているのはお前だけだから言っている」

わたくしもいるのですけれど……レディは思わずそう言って二人の肩を叩きたくなった。きっとさぞ青くなって、現皇帝の姪である自分に、口外しないで欲しいと頼んでくるに違いない。だが、ヴェスパーは、まるでレディに聞かせるかのように話を続け、レディに口を挟む隙を与えなかった。

「本来ならばモルトの後継はピニャ殿下ではなく、前皇帝グレーンの遺児《いじ》にして皇帝正統の血筋直系のカティ殿下であるべきだ」

「そうだね。そもそも現皇帝モルト陛下の登極《とうきょく》は、グレーン陛下の死後、まだ幼かったカティに至尊《しそん》の座を引き渡すまでの、いわば中継ぎが目的だったわけだし」

二人が話し始めたそれは、多くの者が帝国の近代史として教師から学ぶものだった。

だが、レディにとっては親戚の内輪話として、父や様々な縁者から伝え聞いた内容でもある。それによればモルトは先代皇帝のグレーンの弟にあたり、帝位の次代継承者とは見なされていなかった。グレーンには嫡子《ちゃくし》のカティがいたからだ。だがグレーンが早世《そうせい》したことで状況が一変した。遺児のカティはまだ十四歳だったのだ。

皇帝は元老院《げんろういん》から権限を委嘱《いしょく》されて登極する存在だ。つまり他所《よそ》の王国のように、摂《せっ》政《しょう》のような全権を代行する者を置くことは許されず、当人に統治能力が無いなら別の者を皇帝に立てるべきとされる。

そして十四歳の若者には帝国の全てを担《にな》う力はないというのが、元老院議員や大臣達の一致した見解であった。

しかしながら先代グレーンの業績は偉大《いだい》過ぎた。

積極的に征服事業を展開して帝国の版図《はんと》を最大にまで押し広げ、これまで敵対していた列国を属国あるいは同盟国として従えた。帝国の最大の栄光はまさにグレーンによって築き上げられたと言えるのである。

世襲《せしゅう》制社会では、傑物《けつぶつ》の気性や才覚は子孫にも受け継がれやすいと考えられている。日本人でも高名な歌舞伎《かぶき》役者の子弟ならば、名優に違いないと思われてしまうのと同じだ。先達の才能と薫陶《くんとう》よろしきを得ているからこそ、人々の期待と支持も集まりやすい。

さらに、カティはその年代の若者らしい特有の思考形態により、責任感（と権利意識）が過剰なまでに旺盛《おうせい》であった。それゆえ、佞臣《ねいしん》共が父の遺産と帝位を奪うつもりだと騒ぎ、それを聞いた帝都の市民達が殺気を孕《はら》んだ顔つきで元老院を取り囲むまでに到ったのである。

元老院はこの事態に窮《きゅう》した。いくら当人にやる気があろうとも、その小さな身体に国家という重荷を負わせるのは、虐待《ぎゃくたい》に等しい。

そのため元老院はカティが成人し、重荷を背負うことができるようになるまでの間という条件で、継承順位でカティ以下であったモルトに皇位を託した。

そしてカティが成長後に、モルトから円滑に権力の禅譲《ぜんじょう》が受けられるようにと、彼をモルトの養子とすることで市民達を宥《なだ》めたのである。

つまりモルトの立場はあくまでも一時的な中継ぎだった。それを確認する法律まで制定されたほどだ。

「けど、カティ殿下はご薨逝《こうせい》遊ばされたじゃないか。ならば皇帝の継承はモルト陛下の血筋に移るのが当然で……そういうのを死児の齢《よわい》を数えると言うのだよ」

そう、カティは夭逝《ようせい》した。グレーン直系の男児はこれで途絶え、皇位はモルトとその子供に継承されていくこととなったのだ。

「カティ殿下は、モルトに謀殺《ぼうさつ》されたという噂がある。権力の味を知ったモルトが、才能に溢れたカティ殿下に皇位を譲り渡すことを惜しんで責め殺したのだとな……」

「しっ……いくら何でもそれ以上は口にしてはいけない」

「いや、折角《せっかく》だ。私の思いを知っておけ。私は帝国の今の惨状《さんじょう》は、モルトの責にあると見ている。無茶な出兵や、内乱……全てモルトが正統性を欠くが故に起こった。つまり、そのことを自覚しているモルト自身が、功を焦《あせ》って余計なことをして、帝国に害をもたらしたのだ。カティ殿下がご存命で、モルトが本来の役目通りにご譲位していたら決して起こらなかったことだ。そうは思わぬか？」

「聞かない。聞きたくない」

ブザムは両耳を手で覆ってヴェスパーの話を拒絶した。

「分かった。ブザムがそこまで拒むなら話題を変えよう。貴公はカティ殿下に遺児がおいでだったという噂があるのを知っているか？」

「ど、どういうことだい？」

「カティ殿下とてそれなりに異性との付き合いがあった。次代の皇帝たる立場が約束された身だ。周りの女達も放ってはおかなかったということだろう。そんな女性達の中にカティ殿下のお子を授かった娘がいたとしても、不自然ではあるまい？」

その言葉にレディは戦慄《せんりつ》した。モルトの皇位継承は中継ぎで、グレーン直系が成人した暁には速やかに禅譲されるとする法律は未だに廃《はい》されていない。

つまり、もしヴェスパーの言葉が本当なら、その子供はピニャどころかモルトの立場すら脅《おびや》かすことになるのだ。

「その娘が産んだのは女児だったらしいがな」

「なあんだ姫君か」

「なあんだじゃないぞ、ブザム！　女性であるピニャ殿下に皇位の継承が認められるのなら、そのカティ殿下の遺児だって、皇位継承の権利は主張できることになるんだからな」

「た、確かにそうだね。……けどピニャ殿下は、他に人がいないという理由で立太子されたわけではないよ。数多《あまた》いるモルト陛下のお子達からあの方が抜擢されたのは、内乱平定の功績があるからだ。だから前例のない、女帝登極という将来を元老院も受け容れたんだ」

「ピニャ殿下を語る時、皆がその功績を口にする。だがそれはグレーン陛下の嫡流という正統性に匹敵するだろうか？　勝利したといっても所詮は兄妹喧嘩《きょうだいげんか》だ。あの方が対外的になさってきたことと言えば、敗北を認める講和条約締結を推し進め、亜人達を貴族や元老院議員として招き入れるという……いわば売国行為だ。知っているか？　ニホンとの条約の一項に、帝国領内の鉱山の開発権譲渡がある。これは神聖なる帝国の領内にニホン人どもがずかずかと入り込み、ハーディの恵みたる地下資源を勝手に奪っていけるということなのだぞ！」

「そ、それはそうだけど、あの状況で我が帝国に他の選択肢はあったかい？　ニホンの圧倒的な力の前に何ができた？」

「分かっている。他に道がなかったことは私も認める。だが状況は大きく変わった。奴らは祖国との繋がりを断たれている。今が好機なのだ」

「好機？」

「アルヌスを奪い返すべき好機だ。そして全てを無かったことにする」

「講和条約を破棄するというのかい⁉　そんなことしたら帝国の威信は失われて……」

「僭主《せんしゅ》モルトの名で交わされた条約に、何の正当性がある？」

「僭主って、そんな過激な……」

「確かに、あの状況では講和以外の選択肢はなかった。だがいくら正しい判断でも、正しい立場にある者によって決定されなければそれは正当性を失う。皇位の継承は正統性が重視されなくてはならない。女性が帝位に就くことが許されるなら、女性であっても

「カティ殿下の血筋を立てることこそが正義なんだ」

問題発言の数々にレディは眉根を寄せていた。彼らが口にしているのは、こういう場所では憚《はばか》られる内容なのだ。

とはいえ二人の憤りは理解できなくもない。いや、彼らの言っていることは至極正論だと思った。

何よりも激しく同意したいのは『ピニャが帝位を継ぐのは間違っている』ということだ。それだけは誰に聞かれても、声を大にして賛同したい。

アルヌスで行われた棒倒しの際、どさくさ紛れにピニャを面罵《めんば》したこともあってか、レディはもうその気持ちだけは隠すつもりもなかった。

「わたくしがカティ殿下の遺児だったら良かったのに」

もしそうだったら彼らが言うように、帝国の次代皇帝の座を引き継ぐ権利を主張できる。自ら至尊の座を争うレースに名乗り出て、ピニャと堂々と渡り合う資格を得ることができる。そうすればボーゼスなどに大きな顔をさせないし、貴族達が自分から離れていくなどという屈辱《くつじょく》を味わわずに済むはずだ。

「馬鹿みたい。いくら考えても仕方のないことなのに……」

レディは、そんなことを繰り言のように考えてしまう自分を恥じた。

変えられないものと変えられるものとを見極める叡智《えいち》、変えられないことを受け容れる勇気。その二つが人生に勝利するための重要な要素だと、父のブレンデッドだって何度も何度もレディに語って聞かせていたではないか。

そう、これぱっかりは変えられないことなのだ。

03

「ただいま」

夜会を終えてレディが屋敷に帰ったのは、夜もすっかりと更《ふ》けた頃であった。

「若い娘がこんな時間まで遊び歩いているのは感心しないね」

父ブレンデッドからそのようなお小言をもらわなくなったのは、いつ頃からだろうか。

薄暗い玄関に入り、外套《がいとう》を脱ぎながらレディは思った。

おそらくは、帝国で成人したと見なされる十五歳を超えた頃からではなかったろうか。

父の小難しい顔を見ないで済むようになったのはありがたかったし、おかげでエファン伯爵家のディタとの密会を楽しむこともできた。だが、それと同時に、もしかして父から見限られてしまったのかなという寂寥感《せきりょうかん》もあって、そんなところが身勝手だなと思ったりもしてしまう。

「親離れできない娘ですね」

社交界の御山の大将を気取っていても、所詮自分は親の庇護《ひご》の下でぬくぬくとやっているに過ぎないという自覚がレディにはあったのだ。

そんなことを考えていたからだろうか、レディは屋敷の異変に気付くのに遅れてしまった。

メイド達が誰も迎えに出てこないのだ。いつもなら帰宅すると三、四人すぐにやってきて、レディの外套《がいとう》を受け取って、香茶を差し出してくれるはずなのに。

「どうしたのかしら？」

レディは脱いだ外套をどうしたものかと一瞬迷って周囲を見渡し、床《ゆか》に放り捨てる。そして数歩、暗い廊下を進んだところで、険《けわ》しい表情のメイド長のピノと向かい合うこととなった。

「お嬢様、お嬢様」

「一体どうしたの？」

「すぐにおいで下さい。旦那《だんな》様がお待ちです」

「なによ。久しぶりにお小言？」

「違います。すぐに！」

ここまで急かされれば、レディも事態が切迫していると理解する。

「お父様に何か!?」

「説明は後で。今はお急ぎを！」

レディはスカートをたくし上げると、ピノに続いて廊下を走った。

「お父様！」

悪い予感は強くなる一方だった。

父の寝室前の廊下では、使用人やメイド達があちこちに座り込んでむせび泣いている。

レディは、最悪の事態を考えて立ち止まってしまった。

「レディ様、急いで」

「え、ええ」

戸惑いつつ寝室に入ると、寝台に横たわる父の真っ青な顔が目に入った。

まだ医師がいて、当主付のメイドが寝台を取り囲んでいる。

「旦那様、お嬢様がお戻りですよ！」

「おお、レディ。間に合って……くれたか」

父の喘《あえ》ぐような声が聞こえた瞬間、レディはメイド達を掻《か》き分けて父に縋《すが》り寄った。

「お父様、なんで？　どうして？」

父の手が伸びてきてレディの手を握った。もしかして力一杯握っているのかも知れないが、レディには触られている程度にしか感じられなかった。

ブレンデッドは胸を掻きむしらんばかりに苦しがっている。

「今朝はいつもと変わらず元気だったのに何故？　一体何があったのです？」

「元気だったただなんて……前々から何度か発作《ほっさ》を起こされていましたし、危ないことは既にお伝えしていました！」

侍医《じい》の言葉の端々に含まれる言い訳めいた響きを耳にした瞬間、レディの体内に怒りが満ち溢れて思わず手を上げた。

だが父ブレンデッドはそんなレディを窘《たしな》めた。

「医師を責めてはならん！　儂《わし》が黙っているように求めたのだ。これはこれまでの悪行の報いだ。儂はもうハーディの御許に参ることを受け容れている。冥府《めいふ》では父上や兄様が待っているからな。ただこの痛いというか、息が止まりそうな苦しさには閉口するがな……ふふぐふっ」

ブレンデッドは笑おうとして失敗した。そしてピノの差し出した杯に口をつけ、痛み止めとおぼしき薬をすすった。

「そんなこと仰《おっしゃ》らないで。お父様に冥府に行かれたら、わたくしは独りぼっちになってしまいます。そしたらどうしたらいいの？」

「大丈夫だ。お前ならやっていける」

「嫌です。お父様、お父様、ああ、誰か何とかして！」

「お前に会いたかったのは、一言礼を告げておきたかったからだ」

「礼だなんて！」

「レディ、ありがとう。儂の人生はお前と出会った時から始まった。それまでの儂はただの放蕩者《ほうとうもの》だった。皇弟。何の役にも立たぬ部屋住みという立場に厭《あ》いていた儂は、生きながら死んでいた。だが幼いお前を引き取ったあの時から、儂の人生は蘇《よみがえ》った……お前が美しく気高く育つのを見るのはとても楽しかった。本当にありがとう。詳しいことは遺言《ゆいごん》に記した。お前を助けてくれる者もそこにいる」

父は部屋の入り口の傍《かたわ》らを指差す。そこには何故かヴェスパーとブザムが並び立っていた。

「その二人と、リーガー男爵に頼りなさい。何事もよく相談して決めるように」

レディは二人を見て、どうしてこの二人が夜会の席で聞こえよがしな話をしていたのかを直感的に理解した。

皇弟ブレンデッド・ソル・ランドール公爵の娘。彼女の穏やかな人生を支えていた最大の肩書き。決して変えられるはずがなかったもの。それが今、大きく書き換えられようとしていることを、レディは父を失いつつある恐怖の中で悟った。

「レディ……」

養父は養女の手を渾身《こんしん》の力で握りしめる。

「遠慮はもうせんでもよい」

「遠慮なんて……」

していない、とレディは言おうとした。

「儂が気が付かぬと思ったか？　翼獅子《よくじし》の子は雄だろうと雌だろうと翼獅子だ。並び立つ者を許さないグレーン兄の気性はしっかりと受け継がれている。やはりお前はカティの子なのだな」

「ああ、お父様……」

「だが大丈夫だ。お前は、もう簡単に潰《つぶ》される赤子ではないのだから。思いっきり……やるが……よい。コロナ……儂は、君との約束を果たしたよ」

「お父様！」

レディの手を握っていた父の手が布団に落ちたのは、その直後のことだった。

＊　　＊

帝都皇城の北宮には、歴代皇帝とその一族が眠る廟堂《びょうどう》がある。

それは皇城の本宮殿に匹敵するほどの壮麗《そうれい》な建造物で、大理石で造られた柱が林立して重厚な天蓋《てんがい》を支えていた。

各所には神々や様々な植物を象《かたど》った精妙《せいみょう》な彫刻がちりばめられていて、荘厳《そうごん》さでは主神達を祀る各地の神殿に勝るとも劣らない。

皇弟ブレンデッドの棺《ひつぎ》は、その墓所の一画に納められることとなった。

棺を包んでいた帝国の黒旗とランドール公爵家の紋章旗が、ヴィフィータ率いる騎士団親衛隊儀仗《ぎじょう》兵の手で畳《たた》まれていく。

「冥府を統《す》べる神ハーディよ。この者の魂を御身の手に委《ゆだ》ねます。冥府での安息の日々をお与え下さい」

ハーディ神殿の神官達の手により、ブレンデッドの亡骸《なきがら》が納められた棺がゆっくりと暗い穴蔵へ下ろされようとしていた。

黒い喪服《もふく》に身を包んだレディが棺の上に花束を載せると、分厚《ぶあつ》い墓碑《ぼひ》がそのまま蓋《ふた》として被せられていく。

列席者達もレディに続き、次第に狭まっていく隙間へ次々と花を投じていった。

やがて石の蓋が完全に閉じられると、神官長が儀式の終了を告げた。


葬儀《そうぎ》を終えた廟堂。そこには、墓碑に刻まれた父のレリーフを愛おしむように撫でるレディ、そして車椅子に座った皇帝モルト、皇太女ピニャ、そして皇帝付お世話メイドとなったメデュサ種のアウレアが残っていた。

モルトの車椅子は、自衛隊がアルヌスの診療施設に備品として用意していたものだ。皇帝がイタリカから帝都に戻る際に貸し出され、便利なのでそのまま使い続けている。

「レディ。そろそろ参ろう」

モルトは、墓石を涙で濡らす姪に呼びかけた。

「……はい。陛下」

よろよろと立ち上がり、振り返ったレディの目は真っ赤であった。

車椅子の皇帝は、背筋を起こしたレディを慈愛《じあい》に満ちた顔で見上げた。

「レディ、お前は今後どうする？」

レディには即答できなかった。養父を失った悲しみに暮れる彼女は今、事態を受け止めるだけで精一杯。今後のことを考える余裕などなかったのだ。

「余《よ》としては、お前を列国の王室に后《きさき》として嫁《とつ》がせようかと考えている」

それがレディにとっては幸せに繋がるだろうとモルトは続けた。

レディは混乱した。急に言われても困るのだ。

列国の王妃になれるなら良い話だとは思う。だがレディの心は今、千々《ちぢ》に乱れている。

重要な決断を下すには相応しくない状態だ。

「陛下。今、わたくしは……」

「それ以外にどのような道がある？　黄泉《よみ》のブレンデッドを安心させてやれ」

折しも皇帝の背後には、先代皇帝のグレーン、そしてその遺児カティの墓碑が置かれていた。

自分が実はカティの子だったという事実は、未だにレディにはしっくりこない。

カティの娘として、皇室正統を主張して至尊の座を目指すべきだとヴェスパーやブザムは言うが、墓碑を見ても何の感慨《かんがい》も湧かない。居並ぶ祖先の墓碑と同じようにしか感じられないのだ。

それに対して養父の墓碑を振り返れば、悲しみを含んだ感情が堰《せき》を切ったように溢れてくる。

そのことからレディは、実際はどうあろうとも自分はブレンデッドの娘だと思い知った。ブレンデッドの娘であるなら、モルトの言葉に従って帝国を去り、どこか豊かな国の王妃として贅沢な日々を過ごすほうが収まりも良いかも知れない。

「そうですね」

レディは、呟くように答えながら自分の心が弱っていることを自覚した。

亡父を安心させてやれ。そんな言葉で納得してしまうのも、カティの遺児という事実を受け容れたくないから、ブレンデッドの娘という立場に縋り付いていたいからだろう。

「では、余が適当な嫁ぎ先を見つけてやる。繰り返して問うが、それでよいのだな？」

「あ、いえ……その」

この時、レディが返事を躊躇《ためら》ったのは、もしかすると彼女の体内を流れるグレーンに繋がる血がそうさせたからかも知れない。並び立つ者の存在を許さない覇者《はしゃ》の血が、戦わずに屈服《くっぷく》してしまうことを全力で拒否したのだ。

「どうした？　何かあるのか？」

そこへ、レディを窮地から救う声が響いた。

「父上。レディが困っています。別に反対するつもりはありませぬが、些《いささ》か性急に過ぎるかと。もう少し落ち着いてからにしてはいかがでしょうか？」

ピニャであった。

するとモルトも我に返ったかのように、自らの項《うなじ》を叩いて苦笑した。

「そうだな。言われてみれば今日すべき話ではなかった。レディ、すまなかった。許せ」

「いえ、伯父上のお言葉もわたくしの将来を案じて下さってのこと。感謝こそしてもそれを厭《いと》わしく思うことなどどうしてございましょうか？」

「そうか。そう思ってくれるか？」

「はい」

どうやら今、決断を強いられることだけは避けられたようだ。レディは安堵したようにため息をつくと、自分を庇ってくれたピニャに小さな黙礼をしたのだった。


皇帝達と別れると、レディは一人廟堂の外に出た。

外では分厚い雲が天を覆い、雨が降っていた。くすんだ色の空から降り注ぐ冷たい雨と空気に、レディは軽く身震いする。今年の冬は寒くなる。そんな予感がした。

「レディ様、この度はご愁傷様《しゅうしょうさま》でございます。馬車のお支度《したく》ができています」

見ると、ヴェスパーとブザムの二人が外で傘《かさ》を差して待ってくれていた。

馬車はレディが乗り込むと、車軸を軋《きし》ませながらゆっくりと動き始める。

「ありがとう。二人のおかげで葬儀を終えられたわ。あとはハーディに参詣《さんけい》して終わりよね？」

改めてレディは頭を下げた。二人は、どうして良いか分からずに途方に暮れていたレディの代わりに、葬儀のこまごまとした実務を引き受けてくれたのだ。

「どうしてそこまでしてくれるの？」

「もちろん、貴女に正統を取り戻して頂きたいからだ」

ヴェスパー・キナ・リレ男爵はやや冷淡な口調で事情を説明した。

ヴェスパーは帝国枢密院《すうみついん》書記局の分析官である。枢密院書記局とは情報機関であり、普通ならば表に出ないようなことも知る立場にある。そのため帝国の現状に危機感を抱いており、それがレディに期待する動機だということであった。

「僕の場合は、レディ様が心配だからかな？」

ブザム・フレ・カレッサー勲爵士《くんしゃくし》は、帝都で犯罪捜査を担当する衛士隊《えいしたい》の警部だ。

「もちろん最終的には立身出世が望みだけどね」

いわゆる平民から取り立てられた成り上がりで、さらに上を狙っている。ただ出身身分が低いことが足枷《あしかせ》となっていた。そこをレディに引き上げてもらいたいと言うのだ。

この二人が、亡父がレディに残してくれた支えである。しかしレディは、この二人に何もかもを頼るという気持ちにはなれなかった。二人とも自分達の好む方向にレディを誘導《ゆうどう》しようという姿勢が強過ぎるからだ。

「レディ？　もしや皇帝から何か話があったのか？」

ヴェスパーはレディの顔を見ると、何かあったであろうことを一目で見抜いた。

「外国の王室に嫁いではと、持ち掛けられましたわ」

「早速貴女をこの国から追い出しにかかったか。まさか承諾してしまったのではあるまいな？」

「ピニャが早過ぎると止めてくれました」

「それは僥倖《ぎょうこう》だ」

ヴェスパーとブザムは胸を撫で下ろした。

だがレディは、二人のようには考えていなかった。他国に嫁ぐのは決して悪い話ではないからだ。

皇族の序列は、皇帝にどれだけ近いかで決まる。レディは皇姪だが、ピニャの即位後は従姉妹となってその地位は今より一段階低くなる。しかもピニャとは仲が良いとは言えない。これまでのような我儘《わがまま》も通らなくなるだろう。

ならば、どこかの王妃となる方が権力と富貴を楽しめるのだ。

レディがその旨を話すと、ヴェスパーが突然怒り出した。

「では、命じられるままに嫁いでしまうというのか!?」

「きっと後悔しますよ」

皮肉そうに言ったのはブザムだ。

「後悔？　わたくしがですか？」

「そうだとも。貴女は父君を失って弱気になっている。それだけじゃない。アルヌスの大祭典でピニャ殿下に正面から挑んで敗れたことから臆病《おくびょう》になっているのだ！」

ヴェスパーに真正面から見据えられたレディは、しばしその強い視線を双眸《そうぼう》で受け止めた。だがすぐに目を逸《そ》らすようにそっぽを向いた。

「……そうかも知れません」

「レディ、奮い立て。そして帝国に正統を取り戻すんだ！」

「嫌よ！　どうしてわたくしがそんな苦労を背負わなければならないの!?」

「それが公爵閣下のご遺言だからだ！　貴女のお側に我々を残した公爵のお心を酌《く》み取るべきです」

「嫌よ、わたくしは皇弟ブレンデッド・ソル・ランドール公爵の娘！　わたくしはそのように言い聞かされて、そのように育ってきたのです。なのに今更違うだなんて……。お父様もお父様だわ！　今際《いまわ》の際《きわ》にお前は儂の娘ではないなんて、どうしてそんな勝手なことが言えてしまうの⁉」

「そ、それは……」

レディの悲鳴めいた訴えに、ヴェスパーやブザムは言葉を失った。

父が遺した台詞にレディが傷ついているなど彼らには思いもよらないことだった。レディの日頃の言動を考えれば、喜び勇んで皇帝に立ち向かっていくだろうと思いこんでいたからだ。

「貴方達の顔なんて見ていたくありません！　親切には感謝してるけど、今はわたくしの前から姿を消して下さい……」

「だが……」

「お願いです」

女性に哀願《あいがん》されては、ヴェスパーとブザムも黙って馬車から降りるしかなかった。

レディを乗せた馬車は、ヴェスパーとブザムの二人を降ろすと、そのまま帝都郊外にあるベルナーゴ神殿の分社へと向かった。そこで父の魂を受け容れてくれた冥王ハーディに感謝の祈りを捧げるまでが、遺族にとっての葬儀となる。

全てを終えて屋敷へ戻るころには、もう夕方になっていた。

「お嬢様、もうじきお屋敷に到着ですぞ」

御者の言葉にふと我に返って窓の外を見る。空は雨雲に覆われたまま陰鬱《いんうつ》さを一層増していた。

まもなく屋敷に着くと言われても、心は少しも浮き立たなかった。家に戻ったところで、レディを迎えてくれる者は、執事や警備の兵、メイド達しかいないからだ。

そんな状況は彼女にとっては独りぼっちと同じなのだ。

「お嬢様……大変です」

そんな寂しさに浸っていると、御者の慌てた声が聞こえた。

前方を見れば、道の先から黒煙が上がっている。

「えっ！　どうして⁉」

道の先にあるもの……ランドール家の屋敷が炎上しているのだ。

レディは馬車を屋敷前で停め、飛び降りるようにして屋敷に駆け寄った。燃え上がる屋敷の周りでは、メイド達が警備の兵や使用人達を手当てしている。

メイド達はレディの姿を認めると、縋るように集まってきた。

「お嬢様！　お嬢様！　大変です」

「一体何があったの？」

泣きたいのはこっちだという思いを追いやり、レディは問いかけた。

「昼過ぎに、突然賊徒《ぞくと》が押し寄せてきて、お屋敷の財貨を片っ端から奪い去り、揚げ句に、屋敷に火を放っていったんです」

「賊って……ここは帝都なのよ!?　ここは皇弟の屋敷なのよ！　それなのにどうして!?　ヘンリーは!?」

「あちらです」

メイド達の指し示す方角へと走るレディ。するとピノや執事のヘンリーが横たわっていた。

「ヘンリー！」

まだ息のあった老執事は、レディに弱々しく手を伸ばした。

「おお、お嬢様……」

「しっかりして！」

ヘンリーはレディの手を握ると、譫言《うわごと》のように続けた。

「ああ、旦那様……お許し下さい……。わたくしめはもう……お嬢様をお守りすることが……できそうにありません……」

忠実な執事は、そう言い残して息を引き取った。

泣き叫ぶメイド達。黙祷《もくとう》を捧げる使用人達。

彼女達の悲鳴ももはや聞こえず、レディはただ崩れるように座り込んだ。

屋敷が灰燼《かいじん》に帰《き》す光景を前に、レディの心が虚《うつ》ろになっていく。

「あたし達どうなるのかな？」

「旦那様も執事さんも婦長様もいなくなって、公爵家も、もうおしまいよ」

「こんなことされたのも、お嬢様があちこちに恨みを買っていたからだわ」

数名のメイドがそんな風に囁《ささや》き合った果てに、屋敷からなんとか持ち出した家財に手を伸ばす。そしてレディの側から逃げ去っていった。

立ち去る寸前に頭を下げていくだけまだマシかも知れない。

警備の兵も使用人も、一人去り、二人が去って、レディを囲む人垣はどんどん小さくなっていく。

老メイドがこれだけは守ろうと息絶えるまで抱きしめていた螺鈿《らでん》の文箱すら、メイドの一人が奪って去っていった。

文字通りの独りぼっちとなったレディの身体を、冷たい雨が無慈悲に打ちつけていた。

＊　＊

屋敷の焼け跡に座り込むレディ。

うち捨てられた人形のように、ぴくりとも動かない彼女に近づく足音があった。

「レディ様」

ヴェスパーとブザムだった。

虚ろな目で呆然と焼け跡を見つめていたレディが、ゆっくり口を開く。

「もう顔を見せないでと言ったはずよ……」

「貴女が心配で」

雨で身体が冷えるのを少しでも防ごうと、ブザムがレディの肩に外套をかけた。だが
レディはそれを拒絶して払いのける。

「貴方が心配しているのは正統とやらの血を引く娘でしょ？ ここにいるのは帰る家も
ない、家族すらも失ったただの娘です」

するとヴェスパーが言った。

「いいえ、貴女はカティ・ソル・カエサルが娘、レディ・フレ・カエサルだ。まずはそ

れをお認めなさい。そして至尊の玉座を手に入れるのだ」

「いやよ」

ヴェスパーは乱暴にレディの顔を挟み持つと自分の方に向けさせた。

「お分かりか？　そもそも屋敷がこんなことになってしまったのは、貴女がカティの娘だからだ」

「それは……どういうこと？」

「屋敷を焼いたのが、おそらくはモルトだからだ」

「ま、まさか……どうして？」

ブザムが問いかけた。

「葬儀の場で、皇帝から何か問われませんでしたか？」

「何かって……」

レディは葬儀を終えて帰るまでの、わずかな間に交わされた皇帝との会話を思い出した。

「レディ、ブレンデッドは何か遺言したか？」

「遺言ですか？」

レディは口籠《くちご》もった。カティを謀殺したと噂されている皇帝に、「お前はカティの娘だ」と告白されたとは、さすがに言えなかった。

「ち、父は何も言い遺《のこ》しませんでした。あまりに突然でしたので」

「そうか、弟は苦しまずに済んだのだな」

モルトは安堵したように言った。だが実際には、ブレンデッドは心の臓を締め上げるような苦しみに長く耐えなければならなかった。そのことを否定することは、父に対する冒涜《ぼうとく》のような気もしたが、レディの生存本能が咄嗟に嘘を言わせたのである。

「遺言状は?」

「あるはずです。ですがまだ開いていません」

これは本当のことだった。

父がレディに言い遺したかったことの大部分はヴェスパーとブザムの二人から聞いていたこともあり、遺言状を開くのを先延ばしにしていたのだ。

「落ち着いたらパトロネのリーガー男爵に相談して、遺言状の封を切ろうと思っています」

「そうか……では、余のことで何か書いてあったら教えてくれ」

「はい。きっと」

レディの語った皇帝とのやり取りを聞くと、ヴェスパーは「やっぱり」と吐き捨てるように言った。そしてレディの咄嗟の嘘《うそ》を褒めた。

「もし少しでも何か知っていそうな素振りを見せていたら、盗賊が襲ってきたのは貴女の帰宅後になっていただろう」

「そ、それって？」

意味が分からないとばかりにレディが問うと、ブザムが噛《か》んで含めるように説明する。

「皇帝陛下は、公爵の遺言状を貴女に読ませたくなかったのですよ」

「わたくしがカティの娘であると知られたくないから、こんなことをしたと？」

「それだけならばここまではしなかったはず。おそらくはもっと別の秘密を葬るためですよ」

「もっと別の秘密って……なに？」

口籠もってしまったブザムに代わってヴェスパーが言った。

「レディ、公爵が、貴女をモルトの手からどうやってお守りしていたかご存じか？」

「いいえ……そもそもなんでわたくしが陛下の手から守られなければならないの？」

レディにとってモルトは、大抵のおねだりを叶えてくれる優しい伯父だ。そんな伯父が自分を取り除きたがっていると言われても納得できない。

「モルトは、貴女が偉大なるグレーンの血を引くカティの娘だということを知っていた。貴女がいずれ産むであろう男児は、モルトの子らにとっては脅威《きょうい》となる。それを防ぐために、モルトは貴女を取り除こうとしていた」

「取り除くって、でもわたくしはこれまで何も怖い思いなんて……」

「公爵閣下のご高配があったからだ。貴女の父上は、カティがどうして薨去《こうきょ》したのか、その理由と証拠を握っていた。それを公表されたくなければ、貴女に手を出すなと皇帝を脅《おど》したのだ」

「う、嘘よ」

否定しながらも、レディは二人の言葉が正しいと思い始めていた。

そもそもモルトには、ゾルザルを筆頭に妾腹《めかけばら》を含めれば何人もの子がいた。なのに姪に過ぎないレディが、何故か格別に扱われていた。レディが一大派閥を築くことができたのもそのおかげだ。

レディはその特別待遇を、皇帝の愛情故、自分の魅力故と思い込んでいたが、それでは理解しきれない部分も確かにあった。でも裏にそういった事情があったなら納得もできる。

「皇帝が、貴女を実《じつ》の子よりも大事に扱ったのは、カティを殺した負《お》い目があったからこそ！」

ヴェスパーの言葉を聞いて、レディは深々とため息をつくと空を仰いだ。

なんということだろう。父が死んでわずか数日で、これまで彼女が見ていたものの姿がことごとく変わってしまった。

父と思っていた存在が養い親。優しい伯父だと思っていた存在が、自分を疎《うと》ましく思う敵。

そして忠実だと思っていた使用人、メイド達も、レディが家屋敷を失った途端に、焼け残った一切合切《いっさいがっさい》を握りしめて立ち去っていくほどの薄情者だった。

この調子なら、不動の大地が揺れ動いて、天が降ってきてもおかしくない。

「そういえば地揺れはありましたものね」

後は天が落ちてくるのを待つのみだ。そう思って見上げる空からは雨が降り注ぎ、レディの顔を洗い流していく。あふれかえる涙で熱くなった瞼《まぶた》も、雨で洗われ冷やされていった。

「天って、どんな風に落ちるのかしら」

ヴェスパーとブザムは互いに顔を見合わせ、肩を竦《すく》め合った。

「レディ様」

そんな時である。レディの名を呼ぶ女声が聞こえた。

「レディ様。お屋敷のこの有様は一体？　何があったのですか⁉」

誰かと思って振り返れば、アン・ルナ・リーガーだった。リーガー男爵家の令嬢にして、レディにとっての腹心の友だ。

「あらアン。見ての通りよ。わたくしは全てを失ってしまったわ」

「レディ様、お可哀想に」

「アン、貴女こそ今までどこに行っていたの？」

レディは、父の葬儀にも姿を現すことのなかった友に苦情を告げようとした。自分を支えていて欲しかった時にいてくれなかったのはどうしてか、と詰《なじ》りたかったのだ。

「いえ、その……」

するとアンは言い訳するでもなく口籠もった。

この娘は、今の自分に伝えるのが躊躇《ちゅうちょ》されるような報《しら》せを持ってきた――レディはそう直感した。

時間が掛かったのは、事実を確かめるのに手間取ったからに違いない。

「何かあったのね？　そうでなければ貴女がわたくしから離れるはずないもの。それだけわたくしにとって大切なこと。そうよね？」

「レディ様……どうぞお許し下さい」

アンはひれ伏すように、詰問《きつもん》を容赦《ようしゃ》して欲しいと言った。ぬかるんだ大地に髪が落ち、たちまち泥だらけとなるが、そんなことは全く気にしていなかった。

だが既に似たような姿になっていたレディは、アンに鋭く迫った。

「ダメです。理由を告げなさい。一体何があったの？」

もう逃れられない。そう覚悟したのか、アンはレディから顔を背《そむ》け、絞り出すように答えた。

「レディ様。お心をしっかりと持ってお聞き下さい。北方のヤルン・ヴィエットからの報せで……」

「なあに？」

レディ・フレ・ランドールの時は、相対的に見ればこれまで穏やかに流れてきた。紆《う》余曲折《よきょくせつ》はあったにせよ、波瀾万丈《はらんばんじょう》とはほど遠い人生だった。

「エファン伯爵公子ディタ様が……戦死」

「ひっ！」

だが、彼女の時の流れは、アンのもたらした悲報を耳にした瞬間、完全に静止した。

父を失って、家屋敷と従僕《じゅうぼく》達を失って、さらにとどめとばかりに告げられた愛する男性の訃報《ふほう》。

レディの心は粉微塵《こなみじん》に粉砕《ふんさい》されてしまった。

「ひいいいいいいいいいいいいいいいいいいいいいいいいいいい！」

張り裂けるような悲鳴がランドール公爵家の屋敷跡に響く。

「レディ様？　レディ様、いかがなされました！　お、御髪《おぐし》が真っ白に⁉」

「まずい、痙攣《けいれん》を起こしている。薬師を呼べ！」

「は、はいっ！」

ヴェスパーとブザムの慌てふためく声や、アンと彼女の馬車の御者とのやり取りが、遙《はる》か彼方《かなた》、異境の地の出来事のように、レディの意識から遠ざかっていく。

「レディを囲む世界は、この瞬間から生き生きとした色合いを失って灰白色に塗りつぶされた。

世界との繋がりがメリメリと音を立てて引き剥がされ、落ちるはずもない天が轟音《ごうおん》を響かせて落下してくるのを、レディは身体を震わせながらまざまざと感じたのだった。

04

「いやあああああああああああああ、ディ様！」

レディが叫びながら目を覚ました時、視界に広がっていたのは心配そうなアンの顔だった。

「はぁ、はぁ、はぁ、はぁ」

夢を見ていたのだと悟って安堵のため息をつくレディ。

「ああ！　レディ様、お気付きになられたのですね？」

レディの腹心の友は、レディが瞼を開いたと見るや、いきなり抱きついて歓喜の声を上げた。

何を大げさな……レディはそう思ったが、大事にされているのだから悪い気はしない。ただ、しがみつかれているのは苦しいので「もう大丈夫よ」と返した。

「お前達、すぐにお医者様を呼ぶのです」

アンは、レディを解放すると背後に並ぶメイド達に告げた。

「はい」

メイド達が慌てふためいた様子で部屋を出て行く。

見慣れない調度品《ちょうどひん》に囲まれているこの部屋は何処《どこ》なのか？　二人っきりになったのを良いことにレディはその疑問の答えをアンに求めた。

「ここは、我がリーガー家です」

「何故、わたくしがあなたの屋敷に？」

霞《かすみ》が掛かったようだったレディの記憶が、問いかけた直後からうっすらと蘇ってきた。そうだった。父が亡くなり、暴漢《ぼうかん》に屋敷を焼かれ、従僕達に逃げられてレディは住む場所を失った。

それに加えてアンからもたらされたエファン伯爵公子の訃報。立て続けに起きた悲しみを受け止め切れなかったレディはそこで気を失ったのだ。

答えにくそうにしているアンにレディは告げた。

「言わなくて良いわ。思い出しました」

状況がだんだんと見えて来た。

「ヘンリーとピノを弔《とむら》わないと」

ヘンリーはランドール公爵家の執事、ピノはメイド長だ。どちらもレディのために最後の最後まで忠節を尽くしてくれた者達。その二人をあんな場所に野ざらしにしておくわけにはいかない。

主君としての責任感を奮い起こしたレディは、寝台から起き上がろうとした。

だがアンは、今はまだ横になっていて下さいとレディを押し止《とど》めた。

「なぜ？　あの二人をあのままにしておくなんて嫌よ」

「大丈夫です。父に後のことはお任せ下さい」

「リーガー男爵が？」

「はい。既に神官を招いて葬儀も済ませました」

「もう、終わってしまった？」

「はい。神官のお言葉だと、ランドール家の執事ヘンリーとメイド長ピノは神の下に召されたと」

レディはホッとしたように頷くと、寝台に身体を横たえた。

「でも、昨日の今日で葬儀も済んだなんて随分と早いのね」

「昨日の今日なんて……もう十日も経《た》っているんですよ」

「十日？」

アンの言葉がレディの頭に染みこむまでにしばらくの時が必要だった。

「十日も!?　そんなに長い間、わたくしは気を失っていたの？」

「はい。お倒れになったレディ様は、高熱を発せられました。一時は、命すら危なかったほどなのですよ」

レディはアンの説得に応じて身体から力を抜くと再度、頭を枕《まくら》に委ねた。

十日とは長すぎる気もする。だが、然《さ》もありなんとも思う。人間の生命力というのは心と密接に繋がっていて、時に絶望が人間を死に追いやることもあると聞く。エファン伯爵公子の死が、レディにとってそれだけ大きなことだったのは確かなのだ。

「レディ様。申し訳ありませんでした。わたくしが無思慮《むしりょ》なばかりにこんなことになって……」

「ディ様の訃報のことね？　ううん、貴女はわたくしに真実を伝えようとしてくれただけ。どうしてそのことを恨《うら》むことができますか？」

「でも、全てを失って胸を痛めていらしたレディ様には衝撃が強すぎてしまいました」

「いいの、わたくしはもう全てを受け容れます。ただ、ディにはもう会えないと思うと……」

「お悔やみ申し上げます。レディ様」

「ありがとうアン。でも、わたくしは公的にそれを言われる立場にはなれませんでした。わたくしに残ったのは、ディから頂いた指輪と手紙だけ」

レディが右手の中指に嵌《は》めた黄金の指輪を見せると、アンは痛ましそうに頭を振った。

「そうでした。手紙は焼けてしまったんだわ。こんなことなら秘密になんてしなければよかった」

「いいえレディ様。あれはあれで必要な処置《しょち》でした」

皇帝の姪たるレディとの交際の噂は、貴族達の間でも単なる覗《のぞ》き趣味《しゅみ》的な話では終わらない。

皇族の係累《けいるい》に連なるという点から、政治的な意味合いが強くなって余計な雑音が入りやすくなるからだ。

そのためレディは、エファンとの交際を秘密にした。エファン伯爵公子の両親ですら、息子と皇姪との交際に気付かなかったほどで、彼らは自分達の息子に恋人が居るとも知らず、別の縁談を進めようとしてしまったぐらいだ。

そして、それは奇《く》しくもエファンがゾルザル派に与《くみ》し、叛逆者《はんぎゃくしゃ》として追われる立場になった時に役立った。レディが叛徒《はんと》の関係者とみなされることを防いだのだ。

それでも万が一のことはある。二人の逢瀬《おうせ》が家僕《かぼく》や端女《はしため》の目に触れないという保証はない。力を持つ者は敵も多く、レディを恨む者は些細な綻《ほころ》びを鵜《う》の目鷹《たか》の目で探している。

そのためアンは一計を案じた。レディが、一方的にエファンに好意を抱いていたという評判を流したのだ。

そうすれば、万が一レディがエファン伯爵公子の部屋に忍び入ったのを見たという者が現れても、思い込み女の痛い行動と見なされて、叛徒の共犯者とされる心配はなくなる。

少しばかり不名誉な評価を受けることになるが、政治的にはかえって安全だ。しかもエファンに対する好意を隠さずに済むようにもなるわけで、レディも苦渋の選択ながらそちらの方が価値があると判断したのだ。

レディは、エファン伯爵公子からもらった指輪を弄《もてあそ》びながら、アンに言った。

「部屋が薄暗いわ。明かりを下さる？」

「はい」

アンはレディの肩に部屋着を一枚掛けると、窓を閉ざしていた鎧戸《よろいど》を押し開けた。

すると北からの冷気を含んだ空気と共に、太陽の日差しが室内に差し込んできた。

「これは？」

流れてきた風に煽《あお》られて、胸や腕にまとわりつく自分の髪が目に入る。

「なにこれ？」

そしてその髪を一房《ひとふさ》握りしめ、真っ白になってしまったそれに見入った。アンが目を逸らしながら説明する。

「お医者様によると、強いショックを受けるとこうなってしまうことがあるとか……」

「まるでおばあちゃんになってしまったみたいね」

「いいえ、そのようなことは決して。レディ様の髪は雪のようでお綺麗です」

「鏡を見せてくれる？」

アンから鏡を受け取ったレディは、自分の姿を注視した。頭髪どころか眉、睫《まつげ》も真っ白で、まるで別人のようだった。

「もう、幸せな時のレディ・フレ・ランドールはいないのね？」

そんなレディにアンは抱きついた。

「そんなことはありません！　レディ様はレディ様です！　お変わりないわたくしの大好きなレディ様です！　髪の色だってもしかしたら、しばらくすると戻ってくるかも知れません」

「いいのよアン。わたくしはもう全てを受け容れていますから」

「そんな！」

レディは目を細めて、窓から見える景色の眩《まぶ》しさに目が慣れるのを待ちながら言った。

「現実はいつだって残酷《ざんこく》だわ。でも同時に嬉しくもある。だって貴女のような心から信じられる友達がいるって分かったんだもの」

「レディ様」

アンはレディを抱きしめる腕にいっそう力を込めた。

「ずうっと貴女のお屋敷でわたくしを見てくれていたの？　その十日間も……」

「はい。医師から動かさないようにと言われておりましたので……」

「ご迷惑だったでしょ？」

「レディ様、無用なお気遣いですわ。これからは当家をご自宅だと思って下さい。何も心配なさらず、不安でしょうが心を強くお持ち下さい。きっと良いようになって行きますから」

アンの慰《なぐさ》めの言葉を聞いた時、レディは自らの身に起きた変調に気付いた。

「レディ様？　どうかなされたのですか？」

「ううん。何も心配しなくて良いわ」

本当ならこれからどうなってしまうのだろうと不安であるべきはずなのに、少しも動《どう》揺《よう》していない自分がいたのだ。青虫が蛹《さなぎ》となり蝶と化すように、レディは変化を遂《と》げていた。それは外見的に髪から色素が抜け落ちてしまっただけではなかった。

「アン、お願いがあるの。使いを出してヴェスパーとブザムを呼んで下さらない？　それと貴女のお父様にもお目にかかりたいわ」

羽化したばかりの蝶が誰に教わることもなく飛び方を知るように、レディは我が身に起きた変化が何を目的としたものかを本能的に理解していた。これからのことについて、すでに重要な決断を下していたのだ。

それ故、この先どうなるのかという受動的態度から来る怖れや不安を全く抱かなかった。

帝国の貴族社会では、リーガー男爵家の位《くらい》はさして高いものではない。

だがこの家は帝国の貴族社会では非常に有名だった。それは帝室との縁の深さにある。代々の当主の多くが、歴代の皇帝かあるいはその一族の学友という立場にあったのだ。

当代のリーガー男爵家当主、ラフロイグもまた皇弟ブレンデッドの学友であった。そしてリーガー家の伝統に則《のっと》って学友から友人に、さらには親友を名乗るまでになり、娘レディの後見人を任されたのである。

つまり、リーガー男爵もレディの出自のことは知っていたのだ。

客間に呼び出されたリーガー男爵は、そのことを娘のアンから詰《なじ》られることとなった。

「お父様、どうしてですか⁉」

「軽々に口にできることではないからな」

レディがカティの血を引くという情報は、扱いを間違えれば命にも関わる。実際、ランドール公爵家は焼き討ちに遭った。

こうした事態の勃発《ぼっぱつ》を恐れるが故に、ブレンデッドとリーガー男爵は二人だけで顔を合わせた時でも、そのことを決して口にしないよう守秘を徹底していたのである。

しかしながらレディを欺《だま》していたという事実には変わりがない。だからリーガー男爵はまずはそれについて謝罪した。

「レディ……いや、レディ・フレ・カエサル様。どうぞお許し下さい」

リーガー男爵は、髪が真っ白になってしまったレディに向けて深々と頭《こうべ》を垂《た》れた。

寝台のレディは、妖艶《ようえん》な微笑みで返した。

「どうぞこれまで通りレディとお呼び下さい。わたくしは父を失いました。ここにきて親しい後見人までも失ってしまったら、一体誰を頼りに生きていったら良いというのですか？」

「そうですね。そうだ……では遠慮なくレディと呼ばせてもらうよ」

レディは目元を手巾《はんかち》で軽く拭きながら「はい」と微笑みの表情をつくった。

「教えて下さい男爵様。父はどうしてわたくしを引き取って下さったのですか？」

リーガーは棚の上の酒壺に手を伸ばすと杯《さかずき》に注《そそ》いだ。そして寝台脇の椅子に腰掛け、それを一気に飲み干す。緊張から喉が渇《かわ》いていたのだ。やがて酒精《しゅせい》の混じったため息を深々とつき、二人の娘に対して昔語りを始めた。

「あの頃のことはよく覚えている。モルト陛下は、カティ殿下に何かと辛く当たっていた」

「周囲の者は、それを黙って見過ごしたのですか？」

「カティ殿下にも咎《とが》められるべきところが多かったからな。地位を鼻に掛け、他の者を見下す言動が目立っていた。モルト陛下が咎められるべき点は、そんなカティ殿下に、立派な統治者となっていただくためと称して、全てに完璧を求め過ぎたことだ。快活だったカティ殿下もやがてふさぎ込むようになって、次第に追い詰められて……」

「それで亡くなってしまったのね？」

リーガー男爵が口を濁《にご》した結末を、レディが継いだ。だがリーガーは頭を横に振る。

「い、いや。女性に逃避するようになった」

「そ、そうよね。でなければわたくしが生まれてくるはずがないし」

「その通り。ところがモルト陛下は、カティ殿下に品行方正であることまで求め始めた。そして女性と会うことを禁じたのです。まぁ学問を放り出して遊び呆けられたら、どんな親だって同じようなことをするでしょうけれど」

「それでは、わたくしが生まれようがないではないですか？　一体どうやって父と母は出会ったのですか？」

「ブレンデッド様が引き合わせたからです。カティ殿下とともに身分を隠して街の盛り場で遊んだり、そこで出会った下町の娘と隠れて会ったり……。クーと知り合ったのもその時です」

「クーというのが母なのですか？　ではコロナというのは」

レディは父から聞いていた母の名とは違うと言った。

「貴女はコロナの娘……表向きそうしなければ、貴女のことを庇うことはできませんでしたから。コロナ嬢はブレンデッド様の恋人でクーの友人です。ちなみに私の側女《そばめ》だったメリザも、クーの友人でした。我々の付き合いは、女性を中心にすると分かりやすくなります」

男爵は戸棚の上に置かれた姿絵《すがたえ》の入った額縁《がくぶち》を手に取ると、レディに渡した。

「これは？」

「真ん中にいるのがクー……貴女の実の母親です。右がコロナ。左が私の側女だったメリザです」

「こ、この人がお母様？　そんな……」

レディは絵の真ん中にいる人物を掌《てのひら》で撫でた。その女性の髪は今のレディのごとく真っ白で、瞳が翠《みどり》色である。一目でルルド族の出身だと分かった。

「三人とも身分や種族の違いなんて気にしないし、地位や権力にこびることもない気立ての良い街娘でした。メリザなんか働き者で、側女の屋敷暮らしは窮屈《きゅうくつ》だとか言って、飛び出して行ってしまったぐらいですからね。今頃何をしてるんだか……」

「母は？」

「クーは月夜のような方でした。いわゆる癒《い》やし系で、勉学と政務見習いで憂《う》さの溜まっていたカティ殿下は一気に傾倒《けいとう》していきました。今の貴女は、母上と面差《おもざ》しがとてもよく似ていますよ」

リーガー男爵は、色が抜け落ちたことで、逆に美しい白銀に輝いているレディの髪に手を伸ばした。

「この髪の色が……そうですか」

レディは納得したように頷く。そんなレディの隙を突くように男爵は言った。

「カティが死んだのは……突然でした。ある日、カティが政務に出てこない。おおかたいつものようにサボっているのだろうと部屋に行ってみたところ、彼が冷たくなっていた」

「死因は？」

「公的には病死とされています。ブレンデッドは何か調べていたようですが、モルト皇帝が殺したと仄めかした以外、彼は一切口を噤《つぐ》んだ。万が一の時、事実を知らないでいることが私の身を守ることになると考えたのでしょう。そして秘密をどこかに隠したまま逝《い》ってしまったのです」

「その後の母は……クーは⁉」

「ブレンデッドが帝都から逃がしました。貴女を産み落とした後に、身一つで。そのままにしておいては危険と思われたからです」

「母は、すんなりわたくしを手放したのですか？」

「いいえ。貴女を連れて逃げると言って大騒ぎしました。ですが、乳飲み子を抱えたルドの娘が一人で生きていくなど不可能です。私達は大反対しました」

「でもお父様ならば、なんとかして……」

「無理でした。モルト皇帝の監視下では、貴女をコロナの産んだ娘と称して引き取ることしかできませんでした。クーも貴女の命を守るためならと、泣く泣くブレンデッドの説得に応じて落ち延《の》びていきました。彼女にはそれしか道がなかったのです」

「そう……だったの。ありがとう男爵様、よくぞ話して下さいました」

「これで一つ、荷を下ろせた気分です。しかし問題はこの後ですよ、レディ。どうされますか？」

リーガーはレディに慈愛の目を向けたが、すぐに表情を改めて真剣な面持《おもも》ちとなった。

「この後？」

「何も知らないフリをして皇帝に従い、どこか外国に王妃として嫁ぐのも一つの生き方です。貴女がそれを望まれるのでしたら私は全力でお手伝いしましょう。もちろん貴女が別の道を選ばれても、全力でお手伝いをすることに変わりはありませんがね」

レディは表情を綻ばせた。

リーガー男爵は、ヴェスパー達と違って自分に考えを押しつけようとしない。レディが悩み、考えて、自分で決めることを尊重してくれているのだ。

だが同時にそれは不要な配慮《はいりょ》でもあった。

「ありがとう男爵。けれどわたくし、レディ・フレ・カエサルは平穏を望みません」

リーガー男爵は息を呑《の》んだ。その名乗りは、帝位を奪い取ると宣言したも同然だったからだ。

「険しい道のりですぞ。敵は強大です。失敗したら命に関わることだって起こりえます」

「そうですね。でも、カティの血を引くわたくしに他の生き方はもはやありません」

「何か方法をお考えですか？」

「亡き父が人材を残してくれました。父が見立てて下さったのですから、それだけの能力があると考えて良いはず……そうですわよね？」

レディが室外に向かって呼びかける。

すると待ち構えていたかのように、ヴェスパー・キナ・リレ男爵と、ブザム・フレ・カレッサー勲爵士が扉を開いてレディの寝室へと入ってきた。

二人は、レディの前に片膝を突いて傅《かしず》くと忠誠を誓った。

「帝国が、貴女という正統なる皇帝を戴《いただ》けるよう努力いたします」

「期待していますよ、ヴェスパー」

「僕は、貴女の手足となって働きますよ」

「ブザム、すり減るまでこき使って差し上げます。その対価として貴方に栄達をもたらすことを約束しましょう」

するとリーガーとアンもそれに倣《なら》い、片膝を突いて礼をした。

「我がリーガー家親子も、未来の皇帝陛下の御為に……」

レディは皆を順番に見てから問いかけた。

「ヴェスパー。皇位を取り戻すには何から始めたら良いのかしら。やはり名乗りを上げること？」

「いえ、それは下策《げさく》です。堂々と名乗りを上げて帝都民の支持を取り付ければ、確かに皇帝を窮地に追いやることはできます。しかし混乱は元老院が最も嫌う状況。元老院に反感を抱かれては決め手を欠くことになります」

「ではどうしたら？」

「皇帝に気付かれないうちに元老院議員の支持基盤を固めます。名乗りを上げるのはそうした下準備を済ませた後の、最後の一押しに。それまでは……貴女が復讐《ふくしゅう》に猛《たけ》っていることにしましょう」

「復讐……ですか？」

「はい。貴女が帝位を望んだのは、そんなことも目的におありなのでしょう？」

ヴェスパーに本音を見透《みす》かされたレディは視線を逸らした。

「ならば、お心のままになさい。皇帝は貴女のその姿を見てきっと油断します。貴女の行動が自分の利益になると思えば傍観《ぼうかん》するかも知れません。その間に、私が元老院で工作いたします」

「ディ様の復讐をして良いのですか？」

「ただし皇位を取り戻すことが目的であることをお忘れなく」

ヴェスパーは、恭《うやうや》しくレディに向かって頭を垂れる。

するとレディは勇気づけられたように胸を張り、こう宣言した。

「では、復讐を始めましょう。ディ様の死に責任のある者を討つのです」

＊　＊

レレイ・ラ・レレーナのこれまでを言葉で喩《たと》えるなら、やはり『波瀾万丈』だろうか。

その一時《いっとき》一部分に穏やかな時はあっても、大局的にみれば千変万化《せんぺんばんか》する人生を送ってきた。

豊富な知識。

粘《ねば》り強い探究心。

優れた洞察力。

魔法の才能。

そして美しい容姿。

アルヌス協同生活組合の幹部。

リンドン派魔導師にして最年少導師号保持者。

レレイを形容する言葉、レレイに付属する肩書きは輝かしいものばかりだが、生まれながらに彼女に備わっていたものはそれほど多くはない。そのほとんどは、多大な努力に、少しの幸運の助けを得て手に入れてきたものなのだ。

そしてそのようにして得た評価が、時として彼女の人生を激動に彩《いろど》る原因ともなった。幼少期からなまじ知恵が回るからと、自立を求められ、甘えを口にすることが許されず、大人として扱われてきた。

理不尽な境遇に対して湧き上がる感情を強固な理性で抑え込んでいるうちに、耐えることが当たり前となり、そのまま子供時代が過ぎてしまったのである。

人間はそんな育ち方をしたらまともな人生は送り難《にく》くなる。心に湧き上がる欲望や感情の扱いに不慣れなままでは、人生という大航海に乗り出した舟をどの方角に向けるべきか分からなくなるからだ。

人間は、適度に喜怒哀楽驚恐《きどあいらくきょうきょう》、全ての感情と付き合って馴染《なじ》んでおく必要があるのだ。

幼い彼女を弟子として迎え入れたカトー・エル・アルテスタンは、故に彼女の教育に様々な工夫を凝《こ》らした。

とにかく引っかき回した。冗談やおふざけを連発して、ぴくりとも動かないレレイの表情筋を引きつらせ、腹筋の用途に感情の表現という一項目を付け加えさせようと努力した。

人生には余裕と潤いが必要であるということを、彼は教えたかったのかも知れない。

だがレレイの反応は、カトーが期待したものとはいささか異なるものとなった。

レレイが師匠に返したのは冷たい視線と無表情。レレイの態度からますます欲求や情熱といったものが欠けていくのを、カトーは悲しい気持ちで見ているしかなかったのだ。


「先生、質問です！」

レレイが弟子達と一緒に行動していると、彼らはレレイを片時も退屈させないことが義務であると思っているかのごとく、手を挙げて質問をしてくる。

レレイは、そんな弟子達の態度の裏に、二種類の動機があることを見抜いていた。

一つは純粋な探究心。もう一つが、自分が優れた学徒であることのアピール。

この二つを見抜くのは案外に簡単だ。

限りある時間の中で師に問いかける機会は希少なのに、後者が動機である者は、本を開けば分かるようなことばかり尋ねるからだ。

「レレイ先生。『門』というのは何ですか？」

後者の代表格とも言えるのが、スマンソン・ホ・イールだ。

レレイは、きらきらとした熱い眼差しを向けてくるスマンソン・ホ・イールに語りかけた。

『門』は大別して二種類ある。二つの世界線が接触した際に発生する相互に行き来可能な空間隙《くうかんげき》。こちらは世界線が離れれば自然と消失する。そしてもう一つは、二つの世界を繋ぐ架け橋のようなもの」

「世界線っていうのは何なんですか？」

「箒《ほうき》の姿を想像して欲しい。柄《え》から伸びるブラシの繊維《せんい》の一本一本が世界線……その一本に私達の住むこの世界があって、その周りには多くの別の世界が存在する」

「箒ですか。そんだけたくさんの世界があったら、目的の世界を見つけ出すのは大変ですよね？」

「大変。だからニホンのある世界を見つけるためには、目印を利用する必要がある」

「目印には何を使うのですか？」

「情報を使うのが適切」

「情報って言うと、図形、文字、音声などのことですか？」

「そう。まったく同一の情報が存在する世界を探せばよい。今回は『長年一つの個体として存在していた物素に宿る情報振動の周波は、二つに分離しても外的な干渉を受けない限り同調が続く』という性質を用いる予定」

「ハマン効果ですね？」

「そう。長年単一個体だった金剛石《こんごうせき》の断片が、向こうとこちらの世界にある」

「情報振動の受信はどうやって？」

「『門柱』にその機能を具備させる」

「しかしハマン効果を得るほどの金剛石ともなると、最低でも握り拳ほどの質量がなければならないと思いますけど、そんなものが手に入ったのですか？」

「たまたまあった」

「ぜひ見てみたいです」

「分かった。後で所有者に頼む」

スマンソンにだけ質問させてなるものかと、別の学徒が手を挙げた。

「空間隙たる『門』を、保持固定する『門柱』はどうやって造るのですか？　その理論は？」

「キノ、それは本に書いてある。調べなさい」

「老師が作ろうとしている『門』は、先ほど述べられた二つの内の後者ですね？」

フォルテ・ラ・メルルの問いにレレイは「そう」と頷いた。

「何故、『門』を造るのですか？　いえ、この質問は愚問《ぐもん》ですね。何故ハーディは老師にその力を貸し与えて下さったのでしょう？」

「そりゃレレイ先生が凄《すご》いからに決まってるじゃないか」

スマンソンが誇《ほこ》らしげに言う。

だがレレイは、論理的とは言えないその言葉は無視してフォルテとの話を続けた。

「神の御心《おこころ》の推測は神学者の領分。学徒の関わるべきところではない」

「でも、老師は神をその身に降ろしたことがあります。ジゼル猊下《げいか》とも近しいし。だから何か感じてらっしゃるのでは？」

「わたしはこの世界の成り立ちにその秘密があると考えている」

「世界の成り立ちですか、かなり危ない領域ですよね」

「綱渡《つなわた》りに等しい」

「ですよね〜。こんなに使徒が集まって来てるんですものね」

フォルテの言葉を聞いて、スマンソンは今更のように周囲を見渡した。

アルヌスの丘を登って陸上自衛隊の駐屯地区画に入ると、アルヌスを囲むように配置された神殿の過半を見下ろすことができる。

そこから分かるのは、この小さな街に四柱もの亜神《あしん》が集ったということだ。

神が許す範囲を超えて世界の成り立ちを暴こうとする者の背後に、使徒たる亜神が忍び寄るというのは、学徒の間では暗黙《あんもく》の事実だ。どれほど隠れても、隠しても、禁断の領域に立ち入れば何故かそのことを知られてしまう。

そして、その者はある日突然、口を噤んで研究の発表を止めてしまう。あるいは首のない死体と化して路傍《ろぼう》に転がるのだ。

このアルヌスは、異世界からの知識や理論を学べる場所であると同時に、神々の監視を最も強く受けている場所でもあった。

「レレイさ……いや先生。貴女なら、きっと世界の成り立ちの秘密に近づけると思います」

スマンソンはレレイを手放しで称賛した。そんな彼をフォルテは揶揄《やゆ》する。

「スマンソンはほんとレレイ老師のことが好きよね」

「そ、そんなんじゃないよ！　どんな障害があっても道があるなら進まないでいられない。それが俺達学徒だろ？　僕は先生なら、きっと行き着けるところまで行き着けるって信じてるんだ。僕はそれを見てみたい。そう、先生を見ていたいんです！」

「ふーん、ほう、へぇ。スマンソンは、レレイちゃんを見ていたいわけだ」

「先生のことを『レレイちゃん』言うな！　僕は真剣に尊敬しているんだぞ！」

「でも、年下の女の子って意識してないとも、言わないでしょ？」

「そ、それはそうだけど……」

レレイは互いに冷やかし合う弟子達を放置して、アルヌスの丘の頂上《ちょうじょう》に杖を立てた。

既にここにあった『門』と、それを覆っていたドームの瓦礫《がれき》は全て撤去《てっきょ》された。そして、陸上自衛隊施設科《しせつか》隊員達が重機を動かし、地面に大きくて深い穴を掘っている。新たなる『門』建設の基礎工事である。

「レレイさん！　お待ちしてました。これでどうですか？」

自衛官達がレレイ達を見つけて駆け寄って来る。そして基礎工事が行われている頂《いただき》のやや脇に並べられた、十数張りの大型天幕《てんまく》へと案内してくれた。

ここが『門』建設の作業場となる。いや、厳密に言えば、『門』を支える『門柱』をこの場所で造るのだ。

「大変満足している」

レレイは、その充分な広さと行き届いた仕事ぶりに頷くと、弟子達を振り返り、すぐに荷物や道具を運び込むよう告げたのだった。

05

「ドムの棟梁《とうりょう》！　ここ、本当にアルヌスなんですか？」

宮石工《メソン》の弟子でドワーフの少年ツムは、眼前に広がる華やかな街並みを見て師匠《ししょう》にそう尋ねずにいられなかった。

「前に来た時は、何にもない丘だったんだけどな。アイヒバウムも帝国の仕事でここに来た時のことは覚えてるよな？」

ドワーフとは思えないほど細い身体の――とは言ってもヒト種に比べればそれなりに太い――ドム・ダン・ケルシュは、あごひげを撫でながら配下を振り返った。

アイヒバウム、アインベッカー、ケーニヒ……と厳《いか》つい職工ドワーフ達がずらりと並ぶ。弟子のツムを加えた三十一名が彼の率いる職工メソン集団だ。

「ああ、あの時のことはよっく覚えているぜ。丘の周りを帝国軍の天幕がびっしり埋め尽くしててよ。急げ急げとせっつかれて、飯だってろくなものを喰わせてもらえなかった」

「ああ、そのくせでき上がったらお前らいらネ、とっとと失せろだもんな。ドワーフ使いの荒い奴らだったぜ」

「向こうに行った連中全滅したとか聞いて、ざまぁみろとか思ったよな」

皆が口々に言う意見にドムは頷いた。

「それが今ではこんな街になってるとはな」

「棟梁。ここは盛大な祭りもやったそうですよ。きっと良い酒にもうまい食い物にもありつけますぜ」

「祭り？　俺達メソンには関係のない話さ。俺達は、注文された通りに魔法装置やら神殿の祭壇《さいだん》なんかを造る。でき上がったら別の所に行く。それだけだからな……」

「宮殿とか建物の建造なら、完成すると落成《らくせい》のお祝いとかあるんだけどなぁ」

アイヒバウムの言葉にドムは鼻を鳴らした。

「落成のお祝いにありつきたかったら、石工に戻ればいい。なんなら良い石工の親方を知っているから紹介してやるぞ、アイヒ」

「待ってくれよドム！　折角宮石工《メソン》になれたんだ、今更戻れっかよ！　工賃だってこっちの方が段違いに良いんだぜ！　ただ、少しはマシなもん喰いたいなぁってだけだよ。これだけでかい街なんだ、期待はしたっていいだろ？」

「確かにそうだが、期待ってのは往々《おうおう》にして裏切られるもんだ。後でがっかりしないようにしろ」

「ドムの棟梁、これ見て下さい！」

声のした方を振り返ると、ツムが街の入り口あたりに立てられた案内板の前にいた。

「なになに？　アルヌスの街にようこそ……『ようこそ』だとよ」

観光地の如く歓迎《かんげい》の言葉が書かれていることにドムは笑ってしまった。外来者向けにこの手の設備を用意するという発想は特地世界にはない。

「絵の方は……この町の地図ですかね？」

「ああ、街の見取り図になってる。……ははん、なるほど。ここがこれから俺達が行く組合の事務所ってわけか。それにハーディを祀る神殿ジゼラ、それとエムロイの神殿ロゥリアがあって……なに!?　ダンカンを祀る神殿モタだと!?　モーター鎚下《ついか》がこの街で神殿を開かれたのかよ！」

ドムの言葉に職人達が群《むら》がってきた。

「それは大変だ棟梁。早速ご挨拶にうかがわないと」

ドムはその名の『ダン』を見れば分かるように、鍛冶神ダンカンの敬虔《けいけん》な信者だ。そしてそれ以外の男達も職人である以上、ダンカンへの信仰心を持っている。

「よし、今から行くぞ」

「はいっ！　早く一人前になれますようにって祈らなきゃ！」

アルヌスに入ったドム達は、配下の職人達と共に神殿モタへと向かったのである。

「ここがアルヌス協同生活組合か」

神殿モタに参拝して亜神モーター・マブチスへの挨拶を済ませたドム一行は、その後、街の中心部にあるアルヌス協同生活組合の事務所を訪ねた。

「えーごめん。俺達はケルン村のメソンだ……」

組合事務所は入り口すぐに接客用のカウンターがあり、その向こうに事務机が並んでいるという、いかにもお役所的なレイアウトになっていた。

入り口近くにいた事務員の犬耳娘が、ドムの呼びかけに素速く反応する。

「は〜い。石工の皆さんですね。お待ちしていました。既にお仲間が到着なさっていますよ」

犬耳娘としては遠路はるばるやってきてくれたドワーフ達を、精一杯の笑顔で迎えたつもりだった。だが何が気に入らなかったのか、そのドワーフはむすっと不機嫌《ふきげん》そうな顔になった。

「俺達は石工じゃない。宮石工《メソン》だ」

「ど、どう違うんでしょう？」

「石工っていうのは、家やお屋敷、神殿といった大雑把《おおざっぱ》なデカ物を造るのが仕事だ。それに対して俺達宮石工《メソン》は、祭殿や祠《ほこら》、石碑《せきひ》あるいは魔法のための大がかりな装置とか、繊細《せんさい》な石細工を造ることに特化してる」

「ほえー……そんな風に石工と宮石工を区別してるんですねえ」

「そういうことだ。今回あんたは知らなくて間違った。だから許してやる。だが次また一緒くたに扱いやがったら、女子供だろうとぼてくりこかしてやるからな。分かったな！」

「あ、はいっ！」

「で、先に到着したという石工連中はどこだ？」

「奥の会議室です。どうぞ中に入って下さい」

犬耳娘の案内で組合事務所の廊下を進むドム達。

会議室に入ってみると、そこには六十数人の職工達が集まっていた。

ドワーフだけでなく、ヒト種やワーウルフ、六肢族《ろくしぞく》など雑多な種族達が揃っている。

共通点は皆が男で、体格が良いということ。重たい石を相手にする仕事だけに、体格が貧弱《ひんじゃく》な者ではついていけないのだ。

「おおっ、ドム。久しぶりだな」

「ホッファ⁉ もう来ていたのか？」

中に居たドワーフの一人が、ドムの名を呼んで歩み寄った。

互いに壮健《そうけん》を祝うように肩を叩き合う姿はなんとも微笑ましいが、打撃音がいささか強く響く。表面的には友好的に見えても、その実、憎み合ってるんじゃないのかと心配になるほどだ。

「元気だったか？　ホッファ！」

「あたぼうよ。ドム、お前の方こそこのところ村に帰ってないみたいだな。サンドラが嘆《なげ》いてたぞ。お前がちっとも家に寄りつかないってな。あんましほっとくと浮気されっぞ！」

「は、サンドラはそんな女じゃねぇよ。それに家に帰れないのは、それだけ忙しいってことだ。俺様は腕が良いからな、あっちこっちからお呼びが掛かっちまうんだよ。おかげで女房《にょうぼう》を可愛がる暇もねえと来てる。だから憎まれ口なんか叩いてないで、同情してくれ」

「おいおい、それはもしかして自慢か？」

「そう聞こえたとしたら、お前が何かを引け目に思ってるからだろ？　メソンを辞めてただの石工に成り下がったことを、後悔しているんじゃないのか？」

「くっ……相変わらず高慢《こうまん》ちきな野郎だぜ」

二人は互いに睨み合うと、一歩ずつ退いた。

いよいよ殴り合いが始まるかと思われたが、二人はがっちりと互いの拳をぶつけ合った。

「ドム。この仕事に呼んでくれてありがとよ」

「はっ、他に手の空《あ》いている石工の親方がいなかったんで、仕方なくお前を呼んだだけだ」

「それでもいい。仕事さえしてれば気が紛《まぎ》れるからな。娘のシレイとも、ようやく女房の思い出話ができるようになったんだ」

「そうか。娘っ子は元気か、今どうしてる？」

「ああ、今回は姉貴に預かってもらってる。あいつは良い子で聞き分けがいいからな。おかげで俺もこうやって出稼ぎに出られるようになったってわけだ。で、ドム、今回造るのはなんだ？　神殿か？　それとも戦勝記念碑か？」

「いや、実を言うと何を造るのかまだ聞いてない」

「傲慢《ごうまん》な奴だな。仕事の内容に無関心なのは、何でも造れるっていう自信があるからか？」

その時である。メイアがやってきて言った。

「はいはいは～い。職工のみなさ～ん、今日は良くおいで下さいました！」

ドムとホッファは振り返った。

「これからみなさんが寝起きする宿屋に案内するニャ。これだけ人数が多いと一カ所ってわけにいかないから分宿してもらうニャ」

ドムはメイアに尋ねた。

「宿よりも施主《せしゅ》さんへの挨拶が先だろう。賃金とか、細かい話を詰めておきたいしな」

「代表は今別件で出かけているニャ。なので挨拶は明日にして欲しいニャ。それと賃金の交渉はウチが任されてるニャ」

「はっ、俺達を呼びつけておきながら、後回しってことかよ？」

「違うニャ。遠くから職工を招いたので、その出迎えだニャ」

「俺達メソン以上の職工がいるっていうのか？」

ドムという男、誇り高いという範囲を超えて、自意識が過剰《かじょう》なようだ。自分が一番に敬《うやま》われないことが気に入らないようで「フンッ」と鼻息を鳴らす。

「俺達メソンが一番上等な仕事をしてるんだ。敬われるのは当然だろ？」

すると他の職工達が「またドムのメソン至上主義が始まったぜ」と陰口を叩いた。

どうやらドムのこの態度は、今に始まったことではないようであった。

＊　＊　＊

「こちらウォーター1からCP。アルヌス北東方三〇ノーチカルマイルをアンノウンとコンタクト。これより接近する」

航空自衛隊アルヌス基地所属九〇一飛行隊所属の瑞原《みずはら》――タックネーム『ウォーター』

は、高度三〇〇〇フィートで哨戒《しょうかい》飛行中、アルヌスに高度一〇〇〇フィート、五〇ノットの速度で接近する所属不明『騎』を発見した。

瑞原は防寒着の襟《えり》をしっかりと立てて、飛竜の耳に口元を寄せる。

「イフリー……もう少し寄ってみよう」

特地に派遣された航空自衛隊は、日本との連絡を断たれると、その機能が大幅に麻痺《まひ》した。

ファントムもC1輸送機も、ほとんど飛べなくなったのだ。

もともと遺棄《いき》される予定で特地に運び込まれたこともあって部品のストックもなく、燃料や部品の損耗《そんもう》を抑える必要もあり、現在はパイロット達の技量を最低限維持するための訓練か、緊急事態でしか飛行を許されない。空自のパイロットは、自由に飛ぶことのできた空を地上からのんびり見上げることしかできなくなったのだ。

しかし、伊丹が北方から帰ると少しばかり状況が変わった。

航空、および海上自衛隊では、備品扱いで犬が基地警戒に用いられている。その伝統が特地派遣部隊でも役立った。飛竜イフリーとエフリーの二頭を、彼らが生きるために必要とする大量の肉の供給を条件に航空自衛隊の一員として迎え入れたのだ。こうして二頭は航空機の代替《だいたい》となった。

たった二頭でしかないが、ゼロに比べたら遙かにマシだ。これによって航空自衛隊は、アルヌス州全体は無理でも、アルヌスの丘とその周辺の空を縄張《なわば》りとする態勢を構築できたのである。

「あれは……」

眼下に大きく浮かぶ雲の隙間を通過したそれは、四騎の翼竜であった。

寒風吹きすさぶ中を密集して一路アルヌスに向かっている。人間が乗っているようだ。

双眼鏡を取り出してその様子を確認した瑞原は、六四式小銃を肩から下ろして小脇に抱えると、背後上空……死角に回り込むようにゆっくりと近づいた。

「安全装置よしっ、弾込めよしっ！　……さ、おいでになったのは、帝国軍の伝令かそれとも別の国か、盗賊の類《たぐい》か……お出迎えさせてもらおうか」

特地は電話やら通信機が普及していない世界だ。望む客も望まれぬ客も、やってくるのはいつだって突然で、それらと最初に接触する空自パイロットにかかる重圧は大きい。敵か味方かの判断と、そしてその証明を我が身をもってしなければならないのだ。

『こちらＣＰ。ウォーターへ。今、ゴッドと神子田久里浜《ゴッドとバロン》が支援に上がる。到着を待て』

瑞原は舌打ちした。コマンダーは、支援のためにファントムを飛ばすことにしたらしい。どうせ神子田《ゴッド》あたりが「緊急事態だから俺を飛ばせろ！」と騒いだのだろう。

とはいえ、どうして自分が待機番でない時に限ってこうなのだろう。あの男と関わっていると、何故か貧乏《びんぼう》くじを引かされてしまう。

「支援は不要だ。現在目標はアルヌスに向かって進行中。コンタクトを試みる」

『危険だぞ』

「このまま待機していると、アンノウンに俺達の空に土足で入ることを許すことになる。それでもいいのか？」

『分かった。ただし無理はするな。慎重に行え』

瑞原は、さらにゆっくりと翼竜達にイフリーを近づけていく。

パイロットとしての鋭い視力が、先頭の翼竜に騎乗しているのが褐色《かっしょく》の肌を持つダークエルフ女性だと見抜いた。

防寒着を着込んで肌をほとんど露出していないせいで、そうと気付くのが遅れたのだ。

だが、灰色の髪と笹穂耳《ささぼみみ》には見覚えがあった。

他の三頭は現地住民らしき者を乗せているが、武装はしていない。

瑞原は肩の緊張を抜くと、銃の安全装置をかけて背中に背負った。

「こちらウォーターからCP。アンノウンは組合のヤオさんのようだ」

『こちらCP。ウォーターは報告を繰り返せ』

「アンノウンは、味方。組合のヤオさんだ。彼女に続く三騎は伊丹の野郎が北で見つけたっていうガラス職人だろう」

『こちらCP、了解した。ウォーターはその四騎を誘導してくれ。一応俺達の命運を握っている大事な客なんだからな』

「了解した」

瑞原はゆっくりとヤオの乗る翼竜に近づいて、同航《どうこう》すると手を振った。

ヤオはすぐに気付いてくれる。それを見て瑞原は、自分についてくるようにと合図した。

空自の瑞原が乗ったイフリーの誘導に従いながら、ヤオ・ロウ・デュッシは呟いた。

「なんだか、このところ蔑《ないがし》ろにされているような気がする」

このアルヌスの地に来た理由が理由だし、公的には違うとしても、ヤオはイタミの奴隷なのだから、重んじられることなど求めてはいない。

だがしかし、最近テュカやロゥリィやピニャには良いことが起きている。だったら自分にだってもう少し、幸せのお裾《すそ》分《わ》けというか、何かこう、ちょっとは良いことが起きても良いんじゃないかと思ってしまうのだ。

「いや、少し増長しているぞヤオ。此《こ》の身の不幸体質を忘れたか？　此の身は蔑ろにされているのが当たり前なのだ。こうしてガラス職人を迎えに行ってくるという役割を与えてもらえるだけでもマシと……」

そこまで思った瞬間、ヤオは雷に打たれたような気がした。

「けど、それって典型的な負け犬根性？　此の身って、自己卑下《じこひげ》が過ぎていたりしないか？　もうちょっと、ほんの少しだけ、欲張ってみるべきかも知れないのでは？」

首にぶら下げた、五円玉を十枚ほどメダル状に繋げて作ったお守りを握りながら、ヤオはそんな風に思った。

ガラス職人の工房《こうぼう》は、工房街の少し外れに用意されている。ヤオが職人達を迎えるためにアルヌスを発《た》った時はまだ棟上《むねあ》げが終わったに過ぎなかったが、帰ってきてみると既に煙突《えんとつ》のある建物の外観部はほとんどでき上がっていた。

ヤオは、四頭の翼竜をその屋根の上に着陸させた。

ヤオを誘導していた航空自衛隊のパイロットが何やら騒いでいたが無視する。正直彼の拘《こだわ》りがヤオにはさっぱり理解できないからだ。

彼は言う。「空を飛ぶものが降りる場所はここなの！　滑走路《かっそうろ》か、ヘリポートじゃなきゃダメなの！」と。

鳥だって、虫だって好きなところに降り立ち、好きな空に向かって飛ぶではないか。

翼竜だって飛竜だって同じだ。思い出すのも不愉快だが炎龍《えんりゅう》だってそうだった。そのためヤオは彼の誘導を無視して、目的地であるここに真っ直ぐ降りたのだ。

そう、ヤオが頑張ってみることにした結果がまずこれであった。ほんのちょっとだが我《が》を張って、誰かが押しつけてくる常識とやらに逆らってみたのだ。

「やったぞ、此の身はやったぞ！」

誇らしい気持ちに浸りながら建物の中に入ってみる。すると何も置かれていない広い空間の真ん中に、レレイが一人静かにたたずんでいた。

「今戻った」

ヤオはレレイに声を掛けた。だが職人達の目は建物に奪われていた。

「これは……」

「これが工場？」

驚くのも仕方のないことだ。真新しい木材の匂いが漂うこの工房は、彼らがこれまでに見たことがないほどしっかり造られていた。太い丸木の柱に、梁《はり》が何本も渡され、通常なら三階建てに相当するほどの高さの屋根を支えている。

床には煉瓦が敷《し》き詰めてあり、奥に行けば、一人一つずつ部屋まである。

これだけの職場兼住居はなかなかお目にかかれるものではない。どれほどの期待がかけられているかが、彼らにも容易《ようい》に理解できた。

三人の職人の代表格、年長の男は何度も床を踏み、床の土がしっかり踏み固められていることを確認すると、明らかに興奮した顔つきでレレイに話しかけた。

「これなら良い仕事ができそうだ。あんたか？ 俺達を呼んだのは？」

無視されまいと慌てたヤオが、二人の間に立って紹介した。

「そうだ。こちらにいるのがアルヌス協同生活組合の幹部のレレイ・ラ・レレーナ導師だ。そしてこの三人が……」

ヤオがガラス職人を順に紹介しようとする。だが、年長の男がヤオの言葉に被せるようにして言った。

「ラァスィを綺麗な透明《とうめい》にする方法を教えてくれるって聞いたが？」

「技術と知識の交換。それが貴方達を派遣してもらう際の条件……」

レレイの言葉に、ガラス職人達は互いに顔を見合わせた。

「なら、遠路はるばるここまで来た甲斐があったわけだ。フロートの大事な技術をくれてやるって聞いた時はそれなりに頭に来てたんだが、シルヴィア様も存外にしたたかな方だったたってわけだな。ラァスィの透明度を上げる方法を教えてくれるのなら悪い話じゃない。で……具体的にはどうする？」

「材料の純度を上げる」

レレイの言葉を職人達は鼻で嗤《わら》った。

「俺達だってそのくらいのことは試みてる」

「それでも色が残ってしまうんですよ」

若手の男の言葉に、レレイは夾雑物《きょうざつぶつ》を取り切れてないからだと語った。

「どうやって夾雑物を取り除く？」

「一番簡単なのは魔法を使うこと……」

「魔法って……そんなことができる魔導師がいるのか？」

魔法は実用的な方向に発達する傾向が強く、基礎研究は取り残されやすい。何の役に立つのだと問われそうなニッチな分野は、収入に繋がりにくいからである。

「いる。わたしの姉」

しかしレレイの姉アルペジオは、鉱物から不純物を取り除く方法の研究を長年続けていた。鉱物を用いた魔法を研究する際、混ざり物がない宝石が必要だったからであり、砂から鉄分等の夾雑物を取り除く程度なら既に実用段階に到っているのだ。

「トロナ灰《はい》は？」

「手配した。もちろん石灰岩《せっかいがん》も……」

試すような問いに次々答えるレレイに、職人達も徐々に納得した表情となっていく。

「ということで、そろそろ御身《おんみ》達を紹介したいのだが……良いか」

ヤオは再度、話の主導権を取り戻そうとする。

「本当にラァスィの知識はあるみたいだな」

けれど、またしても無視された。

「ここでは『ガラス』と呼ぶ。以降、ガラスの呼称で統一して欲しい」

「分かった……郷《ごう》に入っては郷に従えと言いますからね。で、砂はいつ届きますか？」

年長の男はレレイを雇い主と認めたのか、口調を丁寧《ていねい》なものに改めると、今すぐにでも仕事にとりかかりたいという顔つきで言った。

「半月後の予定。その間に、この工房を使えるように支度をしてほしい」

「分かりました、すぐに竈《かまど》と坩堝《るつぼ》の準備を始めます。レレイさん。挨拶が遅れましたが、俺はピルスナー・ハー・ウルケル。ピルスとお呼び下さい」

ピルスはレレイに向かって深々と頭を下げた。

「僕が……」

続いて若者が自己紹介をしようとしたその時、ヤオが二人を封じるように前に出た。

「若手のうち喋る方がカールスバーグだ。黙っていて御身以上に無口なのがサクだ」

ヤオは、やっと自分の出番が来たとばかりに、若手二人の名前をレレイに紹介した。

「やった、此の身は頑張ったぞ」

カールスバーグとサク、そしてレレイのぽかーんとした視線がヤオに集まる。だが、ヤオは今、やり遂げたという充実感で、ほんの少しばかり幸せな気分であった。

＊　＊

翌朝、アルヌスに集まってきた百人近くの職工達——宮石工《メソン》、石工、ガラス職人、宝石細工師といった人々が、道具一式を入れた袋を抱えて、街の入り口に新設された停留所前に集まった。

他にもレレイを手伝う学生達がこれまた二十人近くいて、その周囲は大変な人だかりになった。

彼らの足として、麓から頂上まではバスならぬ乗合馬車《のりあいばしゃ》が運行される。観光地によくある観光馬車と違って、屈強で体格の優れた職工らを乗せて丘を登るための四頭立てだ。

メイアが男達に告げた。

「ええ、皆さんが丘の頂上までを往復するための乗合馬車を用意したニャ。一時間に二往復。朝の六時から二十二時まで走っているニャ。首にぶら下げてもらった入場証で利用可能だニャ。では乗り込んで下さいニャ」

ドムは、乗合馬車の一番奥の椅子に座ると、首にぶら下げた透明なパスケースに入った、自分の顔写真入りの許可証を見て眉根を寄せた。

「なんだか犬の鑑札《かんさつ》みてぇだな」

「猫の鑑札ニャ」

するとメイアが自分の首にも下がっているぞとアピールしてくる。その屈託《くったく》のない笑みのおかげで、ドムは憎まれ口を叩く気も失せてしまったのだった。

坂道を上り続けた乗合馬車は、やがてコンクリートの防塁《ぼうるい》で囲まれた場所へたどり着いた。

メイアは、揺れる乗合馬車内で危なげなく立ち上がると、職工達に告げた。

「ここからジエイタイの駐屯地ニャ。係の人間が入ってきて、許可証を確認するから見えるようにするニャ」

戦闘服をまとった自衛官が馬車に入ってくると、工事関係者の許可証を指差し、一人ずつ確認していく。その物々しい緊張感には、さすがのドム達も表情を引き締めた。

「毎朝こんなことするのか？」

「そう。ここはニホンの軍の管轄《かんかつ》だから、街中と違って立ち入り禁止の場所があるニャ。ニャのでみなさんも注意するニャ」

「もしかして、城でも造られるのか?」

「それは、作業場に着いてからのお楽しみニャ」

そんな問答をしていると、駐屯地内の広場に馬車が停まった。そこはかつて『門』を覆っていたドームがあった広場の一角である。

「あ、乗合馬車はここまでニャ。あとは歩きだニャ」

職人達がぞろぞろと降りる。すると乗合馬車はそのまま丘を下っていった。

「今日は全員揃って現場に入るから、次の乗合馬車に乗ってくるみんなをここで待つニャ、それまでここで待機ニャ」

待機と言われたが、それで職工達が退屈することはなかった。

広場の中央では、陸上自衛隊施設科部隊の手で『門』周辺の基礎工事が進められている。そこで目にする全てが、職工達にとっては目新しく、また自分達の仕事に役立つ知識を与えてくれたからだ。

「棟梁。流し込んでるあれ、モルタですかね?」

ケーニヒが指差したのは、根切りの済んだ穴の底に割栗石《わりぐりいし》を敷き詰める割栗地業《じぎょう》や、鉄筋を組んで基礎配筋を施しセメントを流し込むといった作業の現場だった。

「ここの奴ら、こんなものを自前で作れるのに、なんだって俺達を呼んだんだ？」

「さあな、考えても分かるはずがねえよ。後で分かるんだ、楽しみに待ってろ」

その一方で、職工の若い弟子達は、立ち入ることが許されている範囲のあちこちをうろつき回っていた。

「なんだこれ⁉」

「すげぇ」

彼らは程なくして図書館で写真雑誌を見つけた。それはヒト種女性を被写体《ひしゃたい》にしたものので、申し訳程度の衣服しか身につけてない。そのため若い見習い達は大変に興味をそそられた。

「凄い絵草紙《えぞうし》だな」

だが、そんな中でツムだけは別の書棚から同人誌なる書籍を発見して頁《ページ》をめくっていた。

たまたま本を返却するために図書館に来ていた伊丹は、ドワーフの少年が熱心に同人誌をめくっている光景を目にして足を止めた。

「日本語が読めるのかい？」

「あ、いや。本って言えば文字ばっかだけど、これは絵がたくさんあって面白そうだなって思ったから。勝手に読んでごめんなさい」

「いや、いいんだよ読んでくれて。けど、絵だけじゃ面白くないんじゃない？　文字とか勉強してみる？」

「いえ、いいんです。棟梁が、本なんか読んでいると馬鹿になるって。メソンは鏨《たがね》や鑿《のみ》の使い方が分かればいいんですよ」

「でも、ストーリーを追えないとつまらなくない？」

「絵に表情があって、なんとなく分かる気がするから。……これって買えるんですか？」

「ごめん、それは売り物じゃないんだ。みんなが読めるようにしておくものだから……」

「そっか……でも僕達今日から仕事が始まるから、なかなかここに来られなくって」

自衛官でなければ借り出すことはできない。がっかりするツムを見て可哀想になった伊丹は、「待ってな」と言ってメモ帳を取り出すと、同人誌の表紙に描かれているイラストを描き写してやることにした。

さらさらと見事に描き上げる伊丹に、ツムは感銘《かんめい》の声を上げた。

「うわっ、うま～い。即興《そっきょう》でこれだけのものを描くなんて、おいらのお師匠みたいだ」

「描いてみな」

「お、おいらが？」

伊丹は同人誌の表紙と、わら半紙《ばんし》と鉛筆《えんぴつ》とをツムに差し出した。

ツムは、同人誌の表紙で微笑む魔法少女の姿を一生懸命目に焼き付ける。そして、わら半紙へと向かった。だが鉛筆をわら半紙に載せようとした瞬間に、目に焼き付けたはずの少女の肖像は瞬く間に霧散していった。

「できない……です」

「何事も繰り返しだよ」

伊丹はツムのために、同人誌の表紙イラストを一枚描き上げてやった。

「これを君にあげよう」

「本当!?　ありがとう」

「おい、ツム！　棟梁が呼んでるから行くぞ」

その時、弟子仲間からツムに声がかかった。乗合馬車がやってきて職工達の第二陣が到着したようだ。

ツムは慌てて伊丹からもらったイラストを懐に押し込むと、仲間とともに親方達の元へと走っていった。

「みんな、こちらに入るニャ。ここが作業場になるニャ」

百名もの職工達が、ぞろぞろと作業場とされたテント内に入っていく。中では魔導師のローブをまとった学徒達が待ち構えていた。

その中心にはルルド族の若い娘がいる。さらに娘の脇には白い布を被せられた物体があった。

「私がこの仕事を発注するレレイ・ラ・レレーナ」

「俺が、棟梁のドムだ」

目の前に進み出た娘は、ドムに小さく、しかしながらはっきりと会釈《えしゃく》した。

「あんた、俺達に一体何を造らせようってんだ？　はっきり言って、下らないものだったら引き受けないで帰ることもあると思ってくれよな」

「何をもって下らない、優れていると評するのか私には理解できない。ただ言えることは、この装置だけは必ず完成させなければならないということ」

レレイは、そう言いながら物体を覆い隠している白い幕を取り去った。

「おおっ！」

「これって……」

中から現れた模型《もけい》を見て、職工達は一斉にどよめいた。

「皆に来てもらったのは、『門』を開くための魔法装置『門柱』を造るため。横幅二十二メートル、高さ二十メートル。奥行き二十メートル。呪刻《じゅこく》を施した約二万六千個の大理石製で、表面には黒曜石、黄水晶、菫青石などを嵌め込み、さらには厚さ十センチの無色透明なガラス製ブロックで外側を覆う」

職人達は、精巧《せいこう》に造られた『門柱』模型を取り囲んで口々に褒めた。

「ここは前に『門』を造った場所だったから、薄々はこの手の物じゃないかと思ってたが……」

ドムは模型をしばし睨んでいたが、レレイに問いかけた。

「作業はここでするのか？」

「石の成形は基本的に外。ここでは呪紋《じゅもん》の下描きと彫呪《ちょうじゅ》を行う」

「メートルとか、センチとかいう単位は初耳なんだが……」

「『門』の向こうの長さの単位。物差しはこちらで用意した」

「はっ、ったく。慣れない道具を使う側の身にもなって欲しいね……」

ドムは、文句を言いながら作業台の上に置かれた物差しやら曲尺《かねじゃく》やらを手にとった。

さらにアラを探すかのようにあちこちに置かれた機材に手を伸ばし、用意された羊皮紙製の設計図面を開いて点検していく。

するとホッファが手を挙げた。

「随分と面倒くさい代物みたいだけど、前みたいに呪刻した大理石を積み上げるだけっていうわけにはいかんのすか？」

「ハーディが気まぐれに開いた『門』を維持するためだけならそれで充分。だけど今は、人間の手で『門』を開け閉めできるようにしなければならない。人間の身でありながら、狙った任意の世界へと続く『門』を開き、かつその開閉をコントロールするには様々な仕掛けが必要となる」

「人間の手で『門』を開け閉めする？　本気かよ!?」

「本気」

「だから、これだけ大がかりな仕掛けが必要になるってわけか」

ドムは、模型の前に立って細かいところまでじろじろと眺めた。

「神の御業《みわざ》を人間が自ら行うための装置か。畏《おそ》れ多いとは思わねぇのか？」

「神の許しは得た」

「神ってのは、入っていいよと戸口を開けてくれながら、中に罠を仕掛けておいて、それに嵌《は》まる奴を見て楽しんでいるような連中だぜ……」

「分かっている。特にハーディはそう」

「だったらどうしてこんなものを造る？」

「必要だから」

「人間の手に余るかも知れないことでも、やらないではいられない。それが賢者って奴らの性《さが》なんだな。傲慢な奴らだ」

ドムはレレイの目をじっと睨むと、ニヤリと笑った。

「だが興味深い。しかもこれだけの代物を手掛けたとなれば鼻も高い。末代《まつだい》まで自慢できるってもんだ。はっきり言って血が滾《たぎ》る。分かった、やってやろうじゃねぇか……」

あちこち検分を終えて、諸条件も全て納得できたのか、棟梁のドムが前に出て皆を振り返った。

「この仕事を俺様、ドム・ダン・ケルシュが棟梁として仕切る。ホッファ……貴様に石工組は任せる。それとこの透き通った外装には別の職人を呼んだって聞いたが誰だ？」

「ピルスナー・ハー・ウルケルです」

作業場の端っこにいたピルスナーが手を挙げる。

「ラァ……じゃなくてガラス造りは我々が」

ドムはピルスナーの顔を訝《いぶか》しげにじろじろと睨んだ。

「宝石職人は？」

「我々だ」

アルヌスに工房を構えたドワーフやヒト種の職人が手を挙げた。

ドムは満足そうに皆を見渡した。

「よし、なら決まりだ。お前達、この大それた仕事をおっぱじめるぞ。馬鹿やる奴は、このドムが膾《なます》にして放り出してやる。分かったな？」

「おっす！」

「じゃあ仕事だ。かかれ！」

男達は一斉に賛同の声を上げ、この日から『門』再建の工事が始まったのである。

06

リーガー男爵家の玄関ドアが荒々しく叩かれた。

応対に出た男爵家の執事ハンスは、戸口に立っていた男の姿に驚愕《きょうがく》した。なんと物々しい槍や剣、甲冑《かっちゅう》で身を固めていたのだ。

「こちらにランドール家令嬢のレディ様がご滞在《たいざい》であろう？」

何事かと思えば、それは軍用通信を運ぶ駅逓使《えきていし》であった。

「レディ様……駅逓信が届きましたぞ」

ハンスは早速、客間のレディにそれを届けた。

リーガー男爵家の客間は、部屋のあちこちに書類が積み上げられ、何かの軍隊を指揮する司令部になってしまったかのごとき様相を呈している。

その都度《つど》ハンスやメイド達が片付けるのだが、書類を大量に抱えたヴェスパーがしょっちゅう出入りするため、すぐに散らかってしまう。そしてそんな雑多な物に囲まれた部屋の中央で、レディは優雅《ゆうが》に腰を掛け、あたかも恋文か何かを読むように鼻歌を奏《かな》でながら、書類に目を走らせていた。

「失礼ながら、これはご婦人のお部屋とは思えませんぞ」

ハンスは深々とため息をつくと、苦言を呈《てい》しながら手紙をレディに差し出した。

「もう諦めているわ」

周囲を見渡すと、壁一面に様々な人間や事柄について記した羊皮紙が貼り付けられ、それぞれが一見して無関係に思える別の紙と糸で繋がれている。

「ありがとと」

執事ハンスは、レディが差し伸べた掌に手紙を載せた。

「レディ様、属州スコーネの総督《そうとく》とはどのようなお付き合いをなさっておられるのですか？」

「気になるの？」

「完全武装の兵士が血走った目をして押しかけてきたのです。正直、肝《きも》が縮みました」

「ごめんなさい。話しておくべきでしたね。スコーネの総督閣下は、かねてからもう少し暖かいところに任地を替えたいと愚痴《ぐち》をこぼしていたの。寒くて貧しくて野蛮《やばん》な土地はもう嫌だと……そこでわたくしが、伯父様におねだりしてあげたの。伯父様は、彼を中央に呼び戻して下さることを快く引き受けて下さったわ」

ここで言う伯父様とは、もちろんモルト皇帝のことだ。

「左様でございましたか？」

「駅逓使を使ったのは取り急ぎの内容だったからよ。びっくりさせてごめんなさいね」

「いえいえ、急ぎとあらば致し方ないことかと。何しろスコーネは遠い場所ですから……」

「ええ、遠いわ。途中難所があるせいで、でも十五日かかってしまうもの」

「しかしながら、総督人事のお口利きともなりますと、盛大な贈り物が届くことでしょうな。北辺の地の産物ですと、美しい毛皮や鳥の羽、金銀といった品々でしょうか？」

総督職は役得の多い職務だ。一年勤めるだけでも莫大《ばくだい》な財産を築くことができる。それだけにこの職に就きたいと思う者は、人事に影響力を持つ者に様々な賄賂《わいろ》を贈るのだ。

ところがレディは頭を振った。

「ううん。贈り物なんて求めなかったわ」

「なんと！　無料なのですか？　これはまた随分と気前の良い……」

「誰がただで骨を折ったりするものですか。ちゃんと見返りは頂いてます」

「それは？」

「軍隊を動かして、目障りな野蛮人共を片付けてもらうのです」

「か、片付けるとは、一体どういう意味で？」

「特別な含みなどありません。そのままの意味です。人々から何もない不毛《ふもう》な荒野《こうや》だと思われた蛮地《ばんち》が、文字通り無人の荒野となるのです」

レディは、今届いた手紙の封蝋《ふうろう》を剥がして中身をチラと確認すると朗《ほが》らかな顔つきで言った。

「いえ違いましたね。荒野になりました……。ごらんなさい」

ハンスはレディの差し出した手紙を読んで絶句した。『ヤルン・ヴィエットは、もうこの世には存在しない。消えてなくなりました』と書いてあったのだ。

ハンスは、レディの口から出た言葉の意味と、その晴れ晴れとした表情のギャップに戸惑いを禁じ得なかった。

彼の知るレディは、気高く美しく、優しい人柄だが、癇《かん》の強い難しいところもあり、ひとたび怒らせると社会的、精神的な攻撃で追い詰めるようなことをする。とはいえ無関係な者まで痛めつけることはしないさっぱりしたところがあった。

なのに今回はまるでゾルザルのように、本来の敵とそうでない者とを区別していない。機嫌が損なわれたというだけで、大勢の罪のない庶民を殺し、家や田畑を焼き払い、奴隷として売りさばいてしまったのだ。

そんな残虐《ざんぎゃく》なことを笑顔で語るレディを見たハンスは、心底震え上がった。

「後々問題になったりしないのですか？」

「心配の必要はありません。そのあたりはヴェスパーがうまく計らってくれますから」

「そうだとも。彼の国には叛乱分子《はんらんぶんし》を匿《かくま》っていたという罪がある。それを問うたまでのこと」

ちょうどその時、ヴェスパーがアンと共にやってきた。

「これはリレ男爵閣下。ようこそ」

ヴェスパーは「うむ」と頷くように執事の挨拶に応えた。

「しかしながら、彼の国の庶民にとっては災難なことですな」

「あら、そうかしら。その国に生まれたという罪を背負った以上は仕方ないわ。罪には罰《ばつ》をもって報いるのは当然のことでしょ？」

ハンスはその時、いろいろなことを思った。だがリーガー家の執事という立場ではそのいろいろを口にすることはできない。

そのため、早々に退散することにした。慌てて卓上に置かれていた使用済みの茶器などをとりまとめて盆《ぼん》に載せていった。

「ただ、残念なのはパルミアン・ルルドがもう旅に出てしまって、どこにいるか分からないことね。スコーネの総督も、来年にはこちらに戻ってくるでしょうからあの方にお願いするのは無理だし。ねぇ、どうしたら良いと思う、ハンス？」

そんなことを問われても答えようがない。迂闊《うかつ》に迎合するようなことを口にしてその通りに実行されたら、目も当てられない。だから執事はこう言った。

「もう、許してあげてはいかがと？」

するとレディは朗らかな表情で言った
「嫌よ。ディ様の死に関わった者を、わたくしは絶対に許さないと決めているの。みんな、一人残らず、殺すか苦しめるかするのよ」

淡々《たんたん》と紡《つむ》がれた言葉に執事は震えた。強い感情に突き動かされて出た言葉ではないだけになおさら恐ろしい。

「わ、私のような者には、どうしたら良いかなど分かるものではございません」

その時、窮地に陥った執事を助けるようにアンが言った。

「ねぇ、ハンス。わたくしに香茶を入れてきてくれない？」

「俺は、ペルガミントがいいな」

「は、はい、はいはいはい、ただいますぐに！」

二人からの茶の催促《さいそく》に乗じて、執事は逃げるように客間を後にしたのだった。

逃げていく執事の背中を見て、レディはアンに微妙そうな表情を向けた。

「もしかして、やり過ぎたかしら？」

「もしかしなくてもやり過ぎです！　我が家の執事を虐《いじ》めないで下さい！」

アンは唇を尖《とが》らせてレディに不満をぶつけた。リーガー家に仕えて三十年、忠誠を尽くしてくれた執事ハンスに、さっきのような態度はさすがにあんまりだ。

「今だってハンスは駅逓使を敵と誤解した時、レディ様は当家のお客様だ、決して渡さないぞって貴女を庇ったのですよ」

するとレディは悪びれもせずに笑った。

「そんな篤実《とくじつ》な執事が語るのです。皆はきっとわたくしが、復讐に狂ったと信じるでしょう。皇帝も油断する……そうですわよね、ヴェスパー？」

「ええ、効果は抜群でしょう。しかしレディ様、ご注意を。物事には常に限度があります。特に復讐というものは魔薬がごとき魅力があって、一度その味を知るとなかなか手放せなくなるとか……。レディ様が帝位を窺《うかが》っていることを誤魔化《ごまか》す目眩《めくら》ましには最適ですが、レディ様のお心がそれに囚《とら》われて芝居と本気との区別がつかなくなってしまわぬよう、お心がけ下さい」

「そうね。本当にそうだわ。助言をありがとう」

レディが頷くと、ヴェスパーとアンが二人並んで腰掛けた。

「さあヴェスパー、報告を聞かせて下さらない？」

「反モルト派をレディ様の下に糾合《きゅうごう》するには、やはり時間が掛かります」

「それは仕方のないことね。大々的に公募するわけにはいかないんですもの」

陰謀《いんぼう》を巡らす仲間を募《つの》るのは難しい。相手が信用できるかをよく見極め、その上で「実は……」と持ち掛けなくてはならないからだ。どうしたって時間が必要となってくる。

だがその時間がレディには不足していた。

「モルトが退位する動きを遅らせることはできないかしら。帝位がピニャに渡ってしまった後では、全てが手遅れよ」

「法に縛《しば》られるのはモルトだけですからね。ただ権力に対する執着心《しゅうちゃくしん》の強いモルトは、ピニャへの譲位には乗り気ではありません。なので小細工の一つや二つでも行っておけば、先延ばしさせることもできるでしょう」

「それは？」

「アルヌスにいるニホン軍を利用します」

「どうしてニホン軍？」

「そもそもモルトは何故、ピニャ殿下に譲位するのでしょう？　健康不安もありますが、最大の理由はニホンとの講和条約があるからです。これがなかったらモルトは死ぬまで帝権を握り続けるに決まっています」

「けど、ニホン軍をどうこうするなんてこと、わたくし達には難しいのではなくって？　仇《かたき》があるからなんとかしたいのはやまやまだけど、わたくしには将も兵もいないのよ。それに迂闊に手を出して火傷なんてことになったら嫌だわ」

「大丈夫。かつてモルトは、彼らの性格を『民を愛しすぎる』『義に過ぎる』『信に過ぎる』と指摘しました。しかしながら彼らはそのルールを頑《かたく》なに守ろうとする。その態度を逆手に取れば良いのです」

「どうするの？」

「倒そうとするのではなく苦しめるのです。ニホン人やニホン人が庇護《ひご》する民を殺《あや》めず、傷つけずにね。そうすれば彼らも、直接的な反撃はできなくなる。例えばこれをご覧下さい」

ヴェスパーは立ち上がって壁に貼り付けられた図の前に立つと、レディを招いた。

壁には帝国とアルヌス州との間の物流についての情報が記されていた。これらは、枢密院書記局がアルヌスに送り込んだ密偵からの報告を、ヴェスパーがまとめたものである。

そこには、帝国とアルヌスとの間に金銭はじめ様々な物品が流通していることを示す糸が沢山巡らされていた。そのほとんどが一旦はイタリカを経由するのだが、帝都から真っ直ぐ延びている糸もある。

「これを見ると、アルヌスのニホン軍は、兵を養う費用に、我が帝国が支払う賠償金を充《あ》てていることが分かります。ニホン人は事もあろうに自らの生命線を、講和したとはいえかつての敵に依存しているのです。これは油断としか言いようがない」

「どうする？」

「なので、賠償金の支払いを止めましょう」

ヴェスパーはそう言って短剣を抜くと、帝国とアルヌスを繋ぐ、金銭の糸をプツっと切った。

「これによって、ニホン軍は食糧の購入もできなくなり、兵への給料支払いも滞《とどこお》ることになる」

「そんなことできるの？」

「我が帝国は、ニホン政府に対して賠償金を支払っているのです。ハザマ将軍個人にではない。なのにハザマ将軍はその賠償金を自らの兵を養うために用いている。我が帝国としては、支払ったはずのものを後で受け取っていないと責められるようなことが起きては困る。だからニホン政府との連絡が途絶《とだ》えている間は、賠償金の支払いを凍結《とうけつ》したいと告げるのです」

「しかしそれでアルヌスのニホン軍は本当に困るかしら。アルヌス州の領民から租税《そぜい》を取り立てれば良いのではなくって？」

「ところが、それができないのがニホン軍……いや、ジエイタイなんです」

ヴェスパーは書類をレディに差し出した。

「これはニホンという国の政治制度と機構について、これまでの外交交渉の過程で得た情報をまとめたものです。これを見ると、ニホンという国の行政権限は厳密《げんみつ》に縦割《たてわ》りされていて、他所の領域のことには手を出すことは許されない。徴税《ちょうぜい》は軍事機構の権能を超えているんです。ましてや帝国側に入ってきて略奪《りゃくだつ》だなんて行為も許されない」

「なんてお馬鹿なんでしょう。まるで剣闘士の手足をがんじがらめに縛っておいて戦えと命じるみたいな行為ね」

「ええ。まさにその通りです。剣闘士なら元の主人の元に戻れないと分かれば、そんな手枷足枷も自ら外すのでしょうが、彼らはあくまでも主の元に戻ろうとしている。だから主人の監視の目から離れていても、勝手に枷を外すことは絶対にできないのです。今回は、その弱みに付け込ませてもらいましょう」

「何が起こるかしら？」

「兵士の食糧も入らない、給料も支払われないとなれば、士気低下はもとより脱走などが始まって戦力の低下が期待できます。脱走兵が略奪や暴行で治安を低下させるのは世の習い。大祭典でその繁栄《はんえい》ぶりを見せつけてくれたアルヌスはたちまち荒廃《こうはい》していくでしょう。何よりも大切なのは、ニホン軍がそこまで弱った姿を見せるようになること。これまでニホン軍を恐れるが故に融和《ゆうわ》的な態度をとっていた元老院議員達も、きっと考えを改めるでしょう」

「ニホンとの講和条約の破棄《はき》？　戦争が再開するの？」

「そこまでは無理でしょう。しかし皇帝は退位を急がなくなります」

「けど、それって、『門』が開いたらどうなるの？　無意味な上に危険な気がするのだけど」

「そこで、第二弾」

「言わないで……当ててみせるから。そう……『門』の建設を邪魔するのね？」

レディは、壁に貼られたアルヌスとニホンを示すシンボルの間を指差す。そこには今はまだ何も記されていないが、いずれ『門』が描かれるはずだ。

「ここをこうして」

そこにレディは短剣を突き立てた。

「ご名答」

「ヴェスパー、貴方は素晴らしい策士だわ。これで忌《い》まわしいニホン人に、自らの罪の重さを分からせてやることができるのですもの」

「その上で、モルト皇帝を玉座から追いやることもできたら、一石二鳥と言えるでしょう」

「でも、なんか足りない気がするわ」

レディは、ヴェスパーから数歩離れて壁を見た。

「ねぇヴェスパー。ここなんかこうしたら面白いと思わない？」

そしてアルヌスから帝都に延びる糸のほとんどが経由する一点を指差すと、その糸の束《たば》を短剣で切断した。

「実はわたくしのお友達から、この家のことで相談を受けたことがあるの。自分達を差し置いて妹が治めている領地が栄えてるなんて許せないんですって……なんてふざけたことを言うのだろうって思ってたんだけど、こうしてみると確かに生意気だと思うわ」

ヴェスパーはニヤリと笑った。

「どうやらレディ様も、なかなかの策謀家《さくぼうか》のようですね」

「知らなかった？　わたくし意地悪は得意技なの。そしてやるとなれば徹底的にやるのが趣味よ。ニホン人が『門』をつくりたいと思うならそれを邪魔してあげましょう。材料が手に入らないようにして、働く人達が働きたくないって言うようにするの」

「ふむ……それは良い手です。最近、悪所に勢力を広げているならず者集団がいるので、その者らを使ってみることにしましょう」

「その悪所の者というのは信用できるのかしら？」

「金で動く奴らですから信用などしてはおりません。ただし、使い捨てできるというメリットがありますので」

「それじゃあ困ったわね。実際にアルヌスでいろいろと小細工してもらうのに、信用できない人を使うわけにはいかないもの。ねぇヴェスパー、誰か適当な人はいない？」

「こういう仕事にこそブザムが適任です。彼を現地に向かわせましょう」

「そういえば彼、最近姿を見せないけど何をしているの？」

「あの男は帝都の衛士隊の警部ですから、それなりに忙しいのです。今は、街のために凶悪犯を追って走り回っていますよ」

「そんな彼が、阿漕《あこぎ》なことできるかしら？」

「レディ様、悪と善とは紙一重《かみひとえ》なんですよ。悪の手口を知らずして、それを取り締まることはできません。ブザムならどの立場に立っても上手くやってのけます」

「ならブザム卿にアルヌスでの工作を一任します。彼の上司が五月蠅《うるさ》いようなら、わたくしの名前で黙らせてさしあげなさい。それと、追加で申し訳ないけど、このレレイという魔導師についてもっと調べて下さらない？」

レディは『門』再建の重要人物と書類に記されているレレイを指差した。

アンはそれを見て言った。

「あの、レディ様？　このレレイというのは炎龍退治で有名なレレイ導師ですよ」

「分かっています。ゾルザルがこの方に危害を加えようとして手痛い竹篦《しっぺ》返しをされたということも……」

「ならば、手を出さない方が良いのでは？」

だがレディは、アンに対して試験に誤答した子供を窘《たしな》める教師の如く言った。

「いいえ、ニホン人に絶望を味わわせるには、この方をなんとかしてしまうのが一番だと思うの。もちろん命をどうこうしようすれば、手ひどい反撃をされるでしょう。けど、そうでない方法を使えば……この方の趣味から親兄弟、家族、身の回りにいる者……あらゆる情報を徹底的に調べ上げて下さいな。とにかく相手が嫌がることは全部やりたいの。良いですね？」

＊　　＊　　＊

アルヌス丘の頂上では、石を削《けず》る音や鎚《つち》を打つ音が響き渡り、運び込まれてきた岩を荷車から下ろす作業が急ピッチで進められていた。

「おーらいおーらい」

ここで石工達を助けたのがトラッククレーンを擁《よう》する陸上自衛隊の施設科部隊である。機械力が荷下ろしにかかる人手と時間を大幅に節約して見せたのだ。

「すげぇ、便利な道具があるんだな。これを俺達も使えたら、どれだけ楽になるか」

石工達を監督するホッファは感嘆《かんたん》の声を上げた。だがドムは、そんなホッファのお気楽な態度を窘める。

「もちっと危機感を持ったらどうだ？　楽になるってことは絡繰《からく》り仕掛けに取って代わられる程度の仕事しかしてないってことなんだぞ。こんな物がどんどん入ってきてみろ、頭数でやってるような仕事をしている連中はたちまち干上《ひあ》がっちまうぞ！」

「お、俺達の仕事がなくなるってか？　そんなことありえねえよ！」

ホッファが背後を振り返ると、そこでは彼の組下の職工達が様々な作業をしていた。

石切場から切り出されて運ばれてきた大岩に、鉄の鋲《びょう》をハンマーで打ち込んでミシン目のように穴を並べる。そこに木製の楔《くさび》をはめ込んで水をかけるのだ。

すると楔が膨張して、ミシン目を繋ぐように罅《ひび》が入っていき、最後には岩が割れるという仕組みである。

ただしこの時の石の割れ方は一直線ではない。どうしても途中で曲がる。そのため石の目を読み取って割れ方を予想しないといけない。

そこに石工としての経験と勘《かん》が必要となるのだ。

粗《あら》く型を取り終えた石は、職工達がハンマーと鏨《たがね》とで表面を綺麗に削っていく。そして最終的には正立方体に成形するのだ。

「この俺達の仕事が、機械なんかに取って代わられるはずねぇだろ？」

ホッファは言った。だが、成形の終わった石材の検品に来た学徒スマンソンが、曲尺を当てながら嘯《うそぶ》いた。

「ニホンじゃ巨大なノコギリで石を切っているって……。機械で磨《みが》きまで一気にいくらしいぜ」

「ノコギリって……嘘だろ？」

「嘘だったらいいね。これ、この辺が六ミリ長い。もっと丁寧に大きさを揃えてくれよ」

「この程度の誤差は、呪刻で調整してくれても良いんじゃないんですか？」

「ダメだ。レレイ先生は正確無比な仕事がお望みだよ。誤差は一ミリまで。やり直し」

「へいへい。分かりました。ったく口うるさい奴だなぁ」

「機械だったら、文句も言わず正確な仕事をしてくれるって話だぜ。『門』が開けばそんな機械がいっぱい入ってくるんだろうなあ」

「つまり何か⁉　俺達は自分達の首を絞める仕事をしてるってことか？」

「人生とは皮肉《ひにく》だよな？　精々丁寧な仕事を心がけてくれよ」

嫌みったらしく言うスマンソン。

ドムはそれを聞いて鼻で笑い、ホッファは「なんてこった」と頭を抱えたのだった。

一方、作業用テントの中では、成形の終わった大理石ブロックに、魔導師やレレイの弟子達が総掛かりで呪紋を描く作業を進めていた。

溶かした蝋に顔料《がんりょう》を混ぜて、それを筆で石の表面に塗っていく。そうして描き上げられた呪紋は、非常に細かくてぱっと見では電子回路の基板みたいにも見える。ダイオード、あるいはコンデンサといった部品の代わりに、宝石が埋め込まれていると思えば良いかも知れない。

この呪紋の入っていない部分を、ドム達メソンが鑿《のみ》で彫《ほ》り込んでいく。その後、蝋を落とし、宝石などを要所要所に嵌め込むと完成である。

このように彫呪された大理石は、いわば電子部品の基板《きばん》のように働く。

これを二万六千個『門柱』状に積み上げることで、無数の異世界の中から伊丹達の故郷の世界を探し出せるし、それを繋ぐ『門』を発生させ支えることができるのだ。

「先生。検品の終わった石を持ってきました」

スマンソンは台車に載せた石を作業用テントに運び込んだ。

表面を凹凸《でこぼこ》なく磨かれた大理石は、伊丹に言わせると巨大な絹《きぬ》ごし豆腐《どうふ》に似ていた。

通常、大理石と言えばマーブル（大理石）模様という言葉があるように、その表面には独特の紋様が描かれているものだ。だが今回集められた石は曇《くも》りや紋様《もんよう》のない『高貴な白』と呼ばれる純白の石だけである。

「先生。聞こえてますか⁉」

石を運んできたのにレレイの反応がない。そこでスマンソンはもう一度レレイに呼びかけた。

「先生！」

だがレレイは手元の書類に見入っていて全く反応しなかった。

その凄まじいまでの集中力にはスマンソンも感心してしまった。だが、このまま立ち呆けているわけにもいかない。そこでスマンソンは、レレイの意識を自分に引き寄せる方法を考えた。耳元で大きな声で呼びかけるとか、肩を叩いてみるのも良いかも知れない。

「スマンソン、その状態のレレイには何をしても無駄じゃぞ」

だがその時、カトー老師が丸めた羊皮紙を抱えてやってきた。

「無駄ですか？」

「はっきり言って、何をしても反応せん」

「な、何をしても？」

「顔に悪戯《いたずら》書きをしても、髪を道化《どうけ》のように結んでもな。その昔、こやつの姉が身体中をくすぐってみたことがある。その時もケロリとした顔で本を読み続けていたくらいじゃ」

するとレレイを見つめるスマンソンの喉仏《のどぼとけ》が盛《さか》んに上下した。何をしても反応しないという言葉に、変なスイッチが入ってしまったらしい。レレイの身体を舐めるように這《は》う視線がその胸中を物語っていた。

「何を考えているか丸分かりじゃな。若いから仕方ないとは思うが自制心というものも学べよ、若者。さあ、そんなことより仕事じゃ。その石にはカッファの三番の呪紋を下描きせい」

スマンソンは、カトーから羊皮紙を突きつけられた。

「ええ、またカッファ列の石ですか⁉ なんで僕ばっかり」

「なんじゃ、嫌なのか？ おいレレイ、こんなこと言ってるぞ。此奴《こやつ》、お主に悪戯することを考える暇はあっても……」

「わあわあわあわあ！ い、嫌だなんて言ってませんって！ けど、カッファ列の石って、六面全部に回路を描かないといけないし、大変なんですよね」

「何事も勉強と思って励《はげ》むがよい。そもそもその大変な呪紋を設計して、製図したのはレレイなんじゃぞ？ レレイよりも年上のお主にどうしてできぬ道理がある？」

「けど、僕はレレイ先生とは違って才能がないし」

「才能とは便利な言葉じゃな。じゃがそんなものは努力を惜しむ者が乱用する言い訳に過ぎぬ」

「はいはい。そうでした。そうでしたぁ……」

「スマンソン、お主は何にしても真剣味が足りんぞ……」

「分かってます、分かってますから。ったく、親父と同じこと言うなよなぁ」

スマンソンはカトーのお説教《せっきょう》から逃れるように、自分の作業台へと石を運んだのだった。


このように作業場は多忙《たぼう》を極める者達であふれかえっている。

だが、そんな中にも一人暇そうにしている男がいた。伊丹である。

彼は魔法の知識もないし、石工仕事の経験もない。そのため『門』再建の仕事を手伝うことはできない。

唯一できることと言えば、邪魔《じゃま》しないように作業を見守ることだけなのだ。

だがしかし、彼は作業現場を歩き回って職工の名前を尋ねたり、出身地の話をさせたりと、職工らの手をその都度止めさせていた。

まるで彼らの仕事を邪魔したいかのようだ。そのためフォルテやメイア、スマンソンはそんな伊丹に胡乱《うろん》げな視線を向けていた。

「暇そうですね」

あまりの多忙さに片時も休むことのできないスマンソンは、伊丹を何度も見かけているうちに苛立《いらだ》ちが昂《こう》じてきて、思わず厭味《いやみ》を言ってしまった。

ところが伊丹にはそれが通じない。通りかかったメイアまで捕まえて真顔で答えた。

「そうなんだよ、暇なんだよスマンソン君。君忙しそうだけど、なんか手伝えることない？　メイアちゃんなんかどう？」

スマンソンもメイアも、返す言葉がなかった。

「必要ないニャ」

「冷たい。二人が冷たい。どうせおいらなんて役立たずさ。でも、ほんと、俺って将来自衛隊退職したらどんな仕事に就《つ》けばいいんだろう。できることなんてなんにもないよな」

そんなことを呟きながら、その場に座り込んで地面に『へのへのもへじ』を描き出すという伊丹のリアクションに、作業中の学徒達がくすくすと笑った。だが一人スマンソンだけは冷たい眼差しを伊丹に浴びせかけて、鼻を鳴らす。

「イタミさん、あんた自身の仕事はどうなんだよ？」

「俺自身の仕事？」

「ジエイタイのだ。あるんだろ？」

「ある。実は大きな声では言えないんだけど……」

伊丹はスマンソンとメイアの耳に口を寄せた。

「実は、ここにいるのが仕事なんだ。『門』の再建は我々にとっても重要だしね」

「つまり、月給どろぼうなんだな？」

「ス、スマンソン君、き、君はなんてことを言うんだ。たとえ本当のことでも、口にして良いことと悪いことがあるんだぞ！」

「あ、ごめん。僕って正直者なんで……」

するとみんなが噴《ふ》き出して笑い始めた。

涙目になった伊丹は言い返した。

「吉田茂《よしだしげる》はこう言ったんだぞ！　自衛隊が国民から歓迎されちやほやされる事態とは、外国から攻撃されて国家存亡《そんぼう》の時とか、災害派遣の時とか、国民が困窮《こんきゅう》し国家が混乱に直面している時だけなのだ。君達が日陰者《ひかげもの》である時のほうが、国民や日本は幸せなのだ。どうか、耐えてもらいたいって。俺達が月給どろぼうの方が国民は幸せなんだぞ！」

何を言っても皆の理解を得られないと思った伊丹は、周囲の視線から逃れるようにレレイの側に走り寄った。

「な、なあレレイ？　俺にも手伝えることない？　俺の存在だって何かの役に立つよな」

だがレレイは相変わらず下を見て作業を続けていた。

「レレイ先生は、集中していると反応しませんよ」

無視されている伊丹が哀《あわ》れに思えたのか、スマンソンはそんな警告を発した。

だが、回路図をじっと睨み付け、朱色の線を引いていたはずのレレイが突然顔を上げた。

「あなたは、ここにいてくれるだけで良い」

その言葉に、スマンソンは凍《こお》り付いた。

「えっ……」

自分の時は全く無反応だったのに、どうしてイタミが声を掛けた時に限ってレレイは反応したのかと思ってしまったのだ。

「ここにいるだけでいいだなんて、そんな、そんな……」と伊丹。

レレイがドーラを呼ぶ。

「はいはい、は〜い」

ドーラは、レレイから二枚の回路図を渡された。これをドムに届けろと言う。

「そんなことなら俺がやるよ」と言い出した伊丹の手を、ドーラは見事なステップで躱《かわ》す。そして離れ際に伊丹に告げた。

「イタミさんは、ここにいてください」

伊丹は自分の役立たず具合を理解したのか、深刻《しんこく》な表情で呟いた。

「民間で使える資格の一つも取っとかないと、マジで定年退職後がヤバいかも」

アルヌスに限らず、陸上自衛隊ならば日本全国どこの駐屯地でも十七時に国旗降下をし、それに続いて課業終了ラッパが鳴る。

隊員達は国旗掲揚《けいよう》・降下の際、国旗が見える場所では敬礼、見えずともラッパ、あるいは国歌の聞こえるところで直立不動、座っているなら姿勢を正して静止するのが決まりとなっている。

「おっ」

この日も伊丹はラッパの音が聞こえると、姿勢を正した。すると職工達も釣られて仕事を止める。

「もう終わりか」

彼らの場合は礼儀というより、自衛隊のラッパを仕事の開始・終了の合図にしているのだ。

片付けを済ませると、皆は乗合馬車に乗って作業場を後にする。

後に残った伊丹は閑散と静まりかえった現場のあちこちを見て回った。

「火の元よし、忘れ物なし。煙缶《えんかん》、異常なし」

ひと通り見回り終えると、伊丹は作業用テントに入った。

すると中ではレレイが一人残って作業を続けていた。

時間を忘れて一心不乱《いっしんふらん》に仕事に打ち込む彼女の姿を、伊丹は苦笑を浮かべて見つめた。

『門』の再建が始まってからのレレイは毎日こんなありさまだ。放っておいたら徹夜《てつや》して、ずうっと同じ姿勢のまま、まるでレレイの周りだけ時が全く流れていないかのように仕事を続ける。

時の流れを示すのは作業台に置かれた大理石だけだ。無地の部分がなくなり、呪紋がびっしりと描かれ、それだけが一時間前、二時間前との違いを表していた。

フォルテやスマンソンら学徒達は、最初は師匠が働いているのだからと付き合っていたが、今では付き合いきれなくなって先に帰るようになった。

レレイのこれだけの情熱と集中力は、一体どこから溢れてくるのかと首を傾《かし》げたくなるほどだ。

「おいレレイ。頑張るのも良いけど、先の長い仕事なんだから適当にしておけよ」

伊丹が声を掛ける。すると若干のタイムラグの後にレレイが口を開いた。

「分かっている。ただ切りの良いところまで進めておきたいから」

「切りの良いところ……までねぇ」

何度も同じ返事を聞かされて、伊丹は「切りが良い」という言葉の定義が分からなくなりつつあった。

例えば小説書きならこの一頁を終えたらとか、この一章を終えたらといったところを区切りとするだろう。

だがレレイは、石の一面を呪紋で埋め尽くすと、魔法で石をひっくり返して次の一面の下描き作業に入る。そして必要な面全てに呪紋を描き終えると、そのまま次の石を取ってきて再び仕事を始めるのだ。

「要するにレレイの言う切りの良さって、疲れるか、飽《あ》きるまでかなんだろうな」

体力の黄金期にあるレレイはなかなか疲労しない。そして集中力にも優れているから飽きることもない。

水も食事も取らず、時間が過ぎても、夜が更《ふ》けても仕事を続けてしまう。この日もこのまま二日目の徹夜に突入しそうである。

さすがに伊丹もレレイの健康が気になってきていた。

「さすがに止めなきゃまずいか」

伊丹がレレイを止めることにしたのは、消灯ラッパが鳴った頃合いだった。

伊丹がしたのは、まず自転車を借りて来ること。

既に麓へと下りる乗合馬車の最終便は終わっていた。

この状況で声を掛けても、レレイは帰りの乗合馬車がないと主張して仕事を続けようとすることが目に見えている。そのため交通手段を用意して反論を封じることにしたのだ。

「先生、起きて下さい。こんなところで寝たら風邪引きますよ」

だが、自転車を借りて作業場に戻った伊丹が見たのは、スマンソンの姿であった。

よく見ると、レレイが作業場で大理石に抱きつくように眠っている。さすがのレレイも体力が尽きてしまったらしい。

スマンソンはそんなレレイを起こそうと声を掛けていた。だがそれは、本音では目を覚まして欲しくないという思いを示すように、非常に穏やかな言い方だった。

身体を揺すったりしないし、呼びかける声も優しい。そして何よりも注目すべきは、寝顔を見せるレレイにゆっくりと顔を近づけようとしていることだった。

このまま声を掛けずにいたら、面白いことが起こるような気がした。相手がレレイでなければ、伊丹も温《ぬる》い目で若い男子のすることを見守ったかも知れない。

だが相手がレレイである段階で、伊丹にはそんな選択肢はない。背後から忍び寄ってお邪魔虫のように突然声を掛けた。

「ありゃありゃ。レレイの奴、ついに眠っちゃったか！」

スマンソンは、びく――――っと凍り付き、壊れた機械人形のようなぎこちない動作で伊丹を振り返った。

「あ、あんた、いたのか⁉」

「もちろん。ずっと見てたよ～ん」

ずっと見てたよ～んのところは、もちろん意地悪な気分が伝わるように、芝居《しばい》っ気満々である。するとスマンソンは伊丹を指差し逆ギレで応戦してくる。

「だ、だっ、だったら、どうして先生を独りほったらかしておいたんだ⁉」

「ほったらかしてないから。麓まで乗り物が必要だったんで、自転車を借りに行ってたんだ」

「そ、それまでの間に、何かあったらどうするんだよ⁉」

「そうだね。けど、ここは警備は厳重《げんじゅう》。それなりに大丈夫なはずだったんだ」

作業場は周囲を有刺鉄線《ゆうしてっせん》で覆い、二十四時間態勢で警備されている。出入り口にも常時立哨《りっしょう》がいて、周囲は動哨《どうしょう》が巡回している。

立ち入るのに入場証が必要な上に、滞在者数もカウントされている。さらに言うと伊丹は自転車を借り受けに外に出る前に、ここに自分とレレイ以外は残っていないことを確認していた。だが、入場証を持つ者にも警戒が必要だったのだ。

「以後気をつけることにするよ。知り合いだからって……いや、知り合いだからこそ気を許しちゃいけなかったんだよね」

「あっ、うっ、ああ……」

名指しでお前は要注意人物だと言われたも同然のスマンソンは、顔を真っ赤にして口籠もった。

「で、スマンソン君は何しにここに？」

「レレイ先生がまだ働いていると思って。迎えに来た」

「一人で？　どうやって運ぶつもりだった？」

「僕は馬に乗れるから……」

「あ、馬か」

馬は街の住民にとってはポピュラーな交通手段だ。

「ほら、先生ったら、起きて下さい」

スマンソンは、最初からそうすることが目的であったと示すように、今度はしっかりとレレイを揺すって起こそうとした。

だがレレイに目を覚ます様子はなく、伊丹は言った。

「いいよスマンソン君。無理に起こさなくて」

「ここで寝かせておけって言うのかよ？」

「まさか、俺が部屋まで運ぶからさ」

「あんたが？」

「レレイ一人なら軽いし、そもそも彼女の部屋の鍵《かぎ》も持ってるしね」

「鍵？」

伊丹はキーホルダーにぶら下げた何本もの鍵の中からレレイの部屋の物を見せた。

「イタミさん。あんたその鍵、どうやって手に入れた」

「どうやってって……当人からもらったに決まってるだろ？」

「い、いつも使ってるんじゃないだろうな？」

スマンソンは、伊丹に今にも噛みつきそうな獰猛《どうもう》な目を向けた。

「いつもじゃないよ。今日みたいな時だけだよ」

「つまり、前にもあるのか⁉」

「もちろん」

伊丹はそんなことを言いながらレレイを抱き上げた。

まるでレレイを運ぶことに手慣れている風の伊丹を、スマンソンは妬《ねた》ましげに見ていたのだった。

＊　　＊

「……ここは？」

目を覚ましたレレイは、周囲を見渡した。

周りは暗くて、起きるにはまだ早い時間であることを示している。頭に馴染んだ枕の感触からすると、自分の部屋である可能性が高い。だがベッドの寝心地がなんとなくいつもと違う。その理由が判別できなかった。きっと、睡魔《すいま》の霞《かすみ》が晴れきっていないので頭脳が正常に働いていないのだろう、とレレイは考えた。そんな時に物を考えても正しい答えなど出るはずがないので、ゆっくりと身体を横たえたまま、意識が清明になっていくのを待つことにした。

やがて、魔導師のローブが椅子の背もたれに掛けてあるのを発見する。

「……」

ふと、誰かに脱がされたのではないかと思って身を起こした。もし自分で脱いだのなら、ローブを椅子に掛けておくなんてことは絶対にしないからだ。

ローブは皺《しわ》にならないようにハンガーに、杖は杖立に置くのがレレイの中での決め事となっている。

もしかして誰かに介抱《かいほう》された？　あるいはまた誘拐《ゆうかい》された？　それとも……。

最悪の可能性を考えて我が身を検《あらた》める。すると縛《しば》られてもいないし、いつもの服装のままだ。いつもの服装……つまり寝間着にも着替えていない。寝台に横たわった感触がいつもと違ったのはそのせいらしい。

レレイは、安堵の気持ちで再び寝台に横たわった。そして自分が誰に介抱されたのかを論理的に推論した。

テュカ、ロゥリィ、ヤオとすぐにいくつかの顔が思い浮かぶ。あるいは弟子達ということも考えられる。だがレレイは最終的に伊丹だと結論付けた。

この部屋の鍵を持っていることや、こんな風に親切に、それでいて雑な対応をするのは彼しか考えられなかったからだ。

これがフォルテやテュカ達女性のしたことなら、ローブをハンガーにかけてくれるし、レレイを寝間着に着替えさせるはず。

「……」

ここで思考が一旦停止する。異常事態の発生に、レレイの脳内に警鐘《けいしょう》が鳴り響いた。

「誰？　何？」

レレイはこの部屋に自分以外の気配があることに気付く。

侵入者？　泥棒？　それとも……息を潜《ひそ》めて周囲を見渡した。するとほどなくして、床に転がってぐーすか眠っている伊丹を発見することとなったのである。

戦闘服の襟を立てて寒そうにしながら、床で眠っている伊丹を見つけた時、レレイは思った。

この人はこんなところで何をやってるんだろう、と。

どうせ眠るならベッドで眠れば良い。その方が温かいし、硬い床よりも質の良い睡眠がとれるはず。こんなところで眠っていては風邪を引きかねないし、睡眠が浅くなり体力の回復もままならない。

「合理性に欠けている」

レレイは、伊丹の行動をそう評価した。しかしまだ夜明けまで時間はある。今からでも誤《あやま》った行動を修正すれば、快適な睡眠を取り戻すことも可能だ。

レレイは早速修正作業を始めた。伊丹をベッドに引っ張り上げることにしたのである。

問題は伊丹の体重がレレイの倍はあるということ。浮遊の魔法を生体にかけるのは危険なため使用できない。しかし、そこで智恵《ちえ》を用いるのが賢者というもの。

レレイは、分厚い掛布を手に取ると、その端を寝台に結びつけた。そして伊丹の身体の下を潜《くぐ》らせて――ここで苦労したけれど――反対側の一端を掴んでベッド上に登ったのである。

これで動滑車《どうかっしゃ》の仕組みが働いて、レレイは半分の力で伊丹を持ち上げられる。とはいえ、レレイにとってはそれでも重労働で、伊丹を寝台に上げ終えた時には、汗びっしょりになっていた。

冷たい空気にレレイの肌は鳥肌《とりはだ》が立って小さく震えた。

「このままでは風邪を引く」

レレイは伊丹に掛布を被せると、汗を拭《ぬぐ》うため衣服をことごとく脱ぎ捨てた。そしてここ二日ばかりできないでいた入浴、洗顔……それらを兼ねた清拭《せいしき》をするため、洗面器に壺《つぼ》の水を移して手拭いをよく浸したのである。

「おはようございます老師。まだ寝てますか⁉」

フォルテと学徒達がレレイを迎えにやって来たのは、丁度その時であった。

そう、伊丹をベッドに持ち上げるのにばたばたして気が付かなかったが、既に陽が昇って朝が来ていたのだ。

いつもならレレイはまだ眠っているか、あるいは我を忘れて机に向かっている頃合いだ。そのためノックをされてもレレイが返事をすることはほとんどない。

だから毎朝フォルテは勝手に戸を開け、まだ朝の支度をしていないレレイを促し、みんなで朝食を取りに行くのである。それがいつもの習慣となっていた。

だが今朝に限ってレレイはきちんと覚醒《かくせい》し、さらに寝台の上で衣服を脱いでいた。

いつものように扉を全開にしたフォルテ。

背後には弟子達。その中には、スマンソンのような男性の弟子もいたりする。

こうして彼らは、身を清めているレレイの全裸をその目に焼き付けることとなったのである。

「おわあ⁉」

「わっ、し、白！」

スマンソンが慌てて鼻を押さえる。だが間に合わず、手の下からツツっと鼻血がこぼれ落ちていった。

「こら、あんた達！　何を見てるの!?　スマンソン、何処を凝視《ぎょうし》してるかっ！」

フォルテは素早くドアを閉じると、男子学生を側から追いやった。

「みんなに見られてしまった」

レレイはそんなことを呟いたが、年頃の娘らしい反応をすることなく清拭を続ける。

そしてそれが終わると、いそいそと箪笥《たんす》から衣服を取り出して身支度を調《ととの》えたのである。

レレイとて女性だ。見られたということに特別の感慨が湧かないわけではない。

しかし、ごく普通の女性がするような、キャーと叫んでしゃがみ込んだり、恥ずかしがって泣くという行為には合理性を見出せなかった。

相手によっては、女性のそうした態度に獣性が刺激され、かえって性犯罪を誘発する可能性も高くなる。だったらとっとと衣服を整えた方がマシ。それがレレイの思考形態なのだ。

男子学徒を追いやったフォルテが戻ってきてドアを叩く。

「あのう老師、着替え終わりました？」

「開けてもよい」

ローブをまとい終えたレレイが杖に手を伸ばしながら答えると、フォルテは深々と頭を下げた。

「すみません老師！　連中の記憶はこのあたしが責任をもって抹消《まっしょう》しておきますから」

「記憶操作の魔法は調整が難しい。場合によっては数ヶ月や数年分の記憶が消えてしまう恐れがあるからお勧めできない」

「いいえ、いけません。それが一生分だろうと、老師の姿の記憶は奴らから消し去っておきますから。特にスマンソンの野郎はシメておきますんで、どうぞお任せ下さい」

「別にいいのに」

レレイは言いながら、まだ眠っている伊丹を起こすべく伊丹の身体を揺すったのだった。


朝のドタバタを終えて伊丹を起こしたレレイは、部屋を出た。

背後にはフォルテら弟子達が続く。いつもならレレイを取り囲むようにして歩く彼らも、今朝に限っては三歩ほど遅れた後ろについていた。

自転車を押す伊丹に当たり前のように並ぶレレイに、何か近づきがたいものを感じたのかも知れない。

「どうしてベッドで寝なかったの？」

いつものように抑揚に欠けた口調ではあったが、伊丹はその言葉に含まれた『咎《とが》め』の成分に気付いて言い訳を始めた。

「いやぁ、昨日麓まで下りて来る時に、警務隊の連中に二人乗りを咎められちゃってさ、それで逃げまわってたんだ。レレイの家にたどり着いた時には俺も疲れちゃってて。丘を登るのもしんどいし、戻ったら捕まっちゃうだろうし……だからほとぼりが冷めるまでって……」

伊丹の答えは、レレイが求めたものとは違っていた。レレイはベッドで眠らなかった理由を問うたのだ。だからレレイの部屋に泊まった理由なんかを答える必要はないのである。

そもそも伊丹がレレイの部屋に泊まるのに理由など要らない。レレイが伊丹に部屋の鍵を渡したのは、いつでも、どんな理由であっても訪ねて来てくれて良いからなのだ。

しかしながら、そんな伊丹の行動を咎める者がこの場にはいた。

「だからって、若い女の子の部屋に泊まって、あまつさえ同衾《どうきん》するなんて」

スマンソンである。

「ど、同衾なんてしてないよ！」

伊丹は大慌てで言い訳した。

「してたじゃないか！　レレイさんのベッドで、ぐうすか眠ってたじゃないか!?」

「あ、あれは俺にも記憶は無くって。……でも変なことはしてないよお」

「非論理的だぞ！　記憶がなくて、どうして何もしてないって言い切れるんだよ!?」

「そ、それはそうだけど。でもしてないんじゃないかなぁ。きっと……なあレレイ？」

伊丹は救いを求めるようにレレイを見た。だがスマンソンはここぞとばかりに言い立てた。

「ほら、だんだん怪しくなってきた。自分を信じきれないのは、日頃から疚《やま》しいことを考えている証拠だぞ！」

「そんなこと言われてもなぁ……」

「レレイ先生、昨夜の記憶はありますか？」

スマンソンに問われて、レレイはぶるぶるっと頭を振った。

今朝、目を覚ましてからの記憶ならしっかりとあるが、昨夜作業現場で意識が途絶えてからの記憶はさっぱりだ。昨夜という条件に当てはまる時間帯でどうにか記憶に残っているのは、伊丹に運ばれていたことくらいだった。

「記憶にあるのは……イタミの体温」

「うわっあああ！」

それを聞いたスマンソンは雄叫《おたけ》びを上げ、女子学徒達は黄色い悲鳴を上げてはしゃいだ。

「や、や、やっぱりなんかしてるんじゃないか!? イタミの体温って何なんだよ!?」

「だからそれはきっとレレイをおんぶした時のだよ!」

「確信を持って何もしてないって言い切れるのか? 絶対か?」

「あ、いや、確信は、その……」

記憶がない以上、自分が何をしたか、しなかったかは分からない。そのため伊丹は口籠もってしまった。

するとスマンソンは標的をレレイに変えた。

「だいたい、レレイ先生も無警戒が過ぎます。遅くまで仕事してそのまま眠っちゃうなんてダメです。せめて僕が行くまで起きてて下さい。でなきゃ、僕にも部屋の鍵を預からせて下さい。そんなだからその男に良いように弄《もてあそ》ばれちゃうんです!」

レレイは、きょとんとした表情で問い返した。

「弄ばれるって何?」

そのストレートな問いにはスマンソンも口籠もった。

「え!? いや、その……」

「スマンソン先生！　弄ばれるって具体的にどんな行為を言うんですか⁉」

女子学生達が、たじろぐスマンソンを一斉に揶揄《やゆ》した。

「だ、だから、その」

さらにレレイは追い打ちをかける。

「そもそも、イタミと何かあってはいけないの？」

「いけないって？　いけないに決まってます！」

「けど、既に三日夜《みかよ》の儀《ぎ》は終えている……」

「誰と？　誰が？」

レレイは伊丹の側にそっと近づいてその袖《そで》を握った。その行為が「わたしと伊丹」という答えを示していることは、この場の全員に理解できた。

「きゃっ、やっぱり！」

「マジかよ⁉」

学徒達は揃って呻《うめ》いた。

レレイが三日夜済みという件は、これまで何度か噂の俎上《そじょう》に載った話だ。だが、誰もそのことを確認しようとはしなかった。

このアルヌスでは、伊丹についての信じがたい様々な伝説や噂がまことしやかに流されていたし、直接女性に問うことは気恥ずかしいことに分類されるからだ。

誰だってうら若き女性に、未通女ですかとは直接尋ねられないのと同じだ。

だが、今日、初めて本人から明言された。それは密かにレレイに憬《あこが》れる男子学徒達にとっては大きな事件であった。

中でもスマンソンが受けたショックは大きく、「そ、そんなぁ」などと呟きながら、殴られたかのようにその場にへたり込んでしまった。

「前々から聞きたかったんだけど、三日夜の儀って何?」

衝撃を受けてのたうち回る男子学徒達を横目に、伊丹は声を潜めてレレイに尋ねた。

「……」

だがレレイは不思議そうに伊丹を見上げるだけで答えを与えなかった。

この時伊丹の発した問いは、レレイからすれば「朝が来たら太陽は昇るの?」とか「物から手を放したらその物はどうなるの?」といった、基礎的すぎる質問と同じであった。

そのためレレイは、その問いに何か深遠な意味が含まれているのではないかと考えた。

だが、それを理解するには伊丹の問いかけから得られる情報は少なすぎる。故に、待っていれば追加の情報が得られるかもと思い、黙っていたのである。

一方、スマンソンは顔を青白くして打ち拉《ひし》がれている。そんな彼を、男子学徒達が取り囲んで元気づけていた。

「おい、スマンソン。しっかりしろ」

「レレイ老師だけが女性じゃないぞ」

片や女子学徒達は少し離れた位置から、伊丹とレレイのことを眺めながら、「レレイ老師ってやっぱりそうだったんだ」「でも、イタミさんって、テュカさんとの噂もあるわよね」「ええ!? わたしはロゥリィ聖下《せいか》だって聞いたよ」「それって、もしかすると三人ともってこと」「うわ、つまりは三股《さんまた》かけてるってこと？　イタミさんって結構大胆なんだ」「老師達って結構仲良さそうに見えるけど、実は裏ではドロドロだったりして」「いやいや、三人一緒のハーレムって線も……」などと、ゴシップ週刊誌の芸能記事のような噂話に花を咲かせていた。

伊丹にとってはスマンソンの言葉よりも、この女子学徒達の噂話の方がダメージがあった。スマンソンがレレイを好きなのは見ていて分かる。だから伊丹に攻撃的態度をとるのも当然だし、故に聞き流すのも簡単だ。

ところが女子学徒達の噂話は好奇心だけで何の悪意もない。それだけにかえって伊丹の心にトゲのように突き刺さったのである。

フォルテだけが、そんな姦《かしま》しい女子学徒の群れに加わらず呆れたように嘆息《たんそく》していた。

「レレイ老師ったら、そんな時間まで仕事してたんですか？」

「そうなんだよ。昨日の夜は二十三時頃まで仕事して、そのまま眠りこんじゃってさ」

「で、スマンソンの奴が、そんな時間に作業場まで行ったと？」

「まぁ、来てたね」

「あいつったら。隙あらばレレイ老師にちょっかい出そうとして……」

フォルテは、スマンソンを睨み付けた。

「まぁまぁ、若者にありがちなことだから許してやって」

「イタミさんがいいって言うならいいんですけどね……でもレレイ老師、これからはいろいろな意味で気を付けて下さいね。もう夜は寒いんですから風邪を引いてしまいます」

レレイはフォルテの言葉に素直に頷いた。

「分かった。爾後《じご》気を付ける」

「とりあえず現場に焚《た》き火《び》の用意が必要ですね」

「それ、俺の方で手配しておくよ」

伊丹はそう言って再び歩き始めた。

レレイは、自分の手を引っ張られて初めて、伊丹の袖を握りしめたままだったことに気付いた。慌てて手を離そうかと思ったが、伊丹の両手は自転車のハンドルにかかっていて、レレイの手がくっついていることを苦にしていない様子だ。

なのでレレイは、そのまま伊丹の袖を握り続けてみたのだった。

07

伊丹は相変わらず作業現場をうろついていた。

「おい、そこのあんた！　邪魔だよ」

すると、棟梁のドムに見つかって叱《しか》られてしまった。彼は工事現場を仕切る総責任者ということもあって、伊丹に声を掛けられる職工達がその度に仕事の手を止めてしまうことを快く思っていなかった。

「君も大変ですね……。どうですか？　そちらの様子は」

小一時間もドムのお小言を聞かされた伊丹に、江田島が声を掛けてくる。伊丹は江田島と一緒に作業現場の隅《すみ》に寄ると状況を報告した。

「今のところ、怪しい人間が出入りする様子はありません」

「作業員の顔と名前はもう一致しましたか？」

「ええ、なんとか頭に叩き込みました」

「しっかりと頼みますよ。出入りする人間に声を掛け、名前を覚えてしまうのは、原始的ですが効果的な警備方法です。知らない顔を見たら、部外者だとすぐに分かりますからねぇ」

「けど、現場監督にすごい剣幕《けんまく》で叱られちゃって」

「叱られるくらい良いじゃないですか？　命を取られるわけでもなし。それに我々の目的は好かれることではなく、成果を出すことです。そして成果とは『門』が無事に完成することです」

「江田島さんの方はどうですか？　成果出てますか？」

「今のところこれと言って……。石油精製施設は時間が掛かりますからね。もしかすると石油精製施設の建設は、こちらの工事が終わってからになるかも知れません」

「妨害者、来ますかね？」

「分かりません。我々にできるのはこうして警戒することだけです」

「何もしないでくれる方が楽なんですけどね」

伊丹と江田島は、作業現場を振り返ると忙しそうに働く職工達を眺めた。

「そうですね。何も起きないに越したことはありません。そのためにも我々が頑張らねば。とりあえず現状の警戒を続けましょう。敵がまだ動きを見せないのは、作業現場がもともと部外者の入りにくい駐屯地の中だからとか、我々が油断するのを待っているからとか、いろいろな可能性がありますからね」

頷いた伊丹は、江田島に敬礼して別れた。そして皆の冷たい視線に耐えながら、作業現場を歩き回ったのである。

一方、伊丹と別れた江田島は、街まで下りていく乗合馬車に乗った。

「組合は、公共交通機関にまで手を広げましたか。たいしたものです」

江田島は料金箱に銅貨を放り込むと、馬車の奥に腰掛けた。

時間が来るとジャルグと呼ばれる小人種の御者が、手綱《たづな》を振って馬に合図する。すると四頭の馬が歩き始めて、馬車はガラゴロと前進を始めた。

乗合馬車は陸自の営門を抜けると丘を下って、やがてアルヌスの街の入り口に到着した。

江田島はそこで乗合馬車から降り、徒歩で街の中心部へと向かった。

「ああ、ここですね」

江田島はオープンカフェ形式の食堂『ハルマ亭』を訪ねると、空いている席を見つけて腰を下ろした。

兎耳のウェイトレスに香茶を注文し、わら半紙と謄写版《とうしゃばん》が作られたことで発行されるようになった新聞を一部買って読み始める。

するとコムノーコ（小人族の一種）の中年男が近づいてきた。

「エダジマの旦那。待たせちまいましたね」

コムノーコは腰を下ろすと江田島に頭を下げ、江田島は新聞を畳んだ。

「いえ、私もいま来たばかりです。で、何か分かりましたか？」

「いえ、組合の方でも旦那の所の『ぷらんと』を邪魔に思うような人間は見つかりません。そもそもあの神殿みたいな塔で、あんたらが何をしようとしてるかを分かってる奴だっていないんです」

「そうでしょうねぇ。分かりました。組合の内部の調査はそれくらいでいいでしょう」

「いいんですかい？」

「ええ。もし何かあったら教えて下さい」

江田島はそう言ってコムノーコに小さな革袋を渡した。

「おほっ……たくさん入ってる。嬉しいや。また何かあったら呼んで下さい」

コムノーコは革袋をポケットにしまい込むとその場を立ち去ったのだった。

「ふむ、何を目的とした施設か分かってない……ですか。とすると、この街の人達にはあの製油施設はどのように見えているのでしょうね。それによって妨害者の動機も違ってくる」

江田島も程なくして席を立つ。そして街を歩き始めた。

街角では床屋《とこや》や服の仕立屋が新たにオープンしていた。

大きめな建物の前では、商人達が集まって何やら建物を見上げている。

何かと思って見れば、これまで建設中だった建物に『書海亭《しょかいてい》アルヌス支店』という真新しい看板が掲げられようとしていた。どうやらここも新規開店のようである。

ふと、看板取りつけ作業を眺めていた江田島の前を、ニカブに似た衣服の娘が通り過ぎた。

ニカブとはイスラム圏《けん》の女性が教義に従って、自分の容貌《ようぼう》を隠すためにつける衣装である。長い裾のドレスを着た上で、目だけを出す頭巾《ずきん》を被る格好だ。

江田島はそのニカブの少女に目を引かれた。すれ違いざまに垣間見《かいまみ》た双眸、そして目の脇にかかった蒼《あお》い髪に見覚えがあったのだ。

「あの子は……」

蒼い髪という特徴的な容貌――確か大祭典の時にロゥリィに挑んだ新米亜神だ。

「確か、メイベルと名乗ってましたか」

ロゥリィとの戦いに敗れた後、とんと話を聞かなかったためアルヌスから立ち去ったと思っていたのだが、まだこの街にいたようだ。

「あの娘なら……石油精製プラントの妨害工作をする可能性はありますね」

江田島はそう考え、メイベルの後を追おうとする。

「ちょっとごめんなさい。すみません」

だが頻繁《ひんぱん》に往来する荷車や馬車、そして不規則にうごめく人々に邪魔されて近づけない。

やがてメイベルと思《おぼ》しき少女は、人混みの向こうに紛れて見えなくなってしまったのである。

＊　＊

『門』再建の工事が始まって二週間が経過した。

これまで工事現場では大きなトラブルもなく、レレイの周到《しゅうとう》な計画のおかげか、あるいはドムの指揮運営能力のおかげか、施工は順調に進んでいた。

だが、この日はいつもと違った。慌てふためいた様子で馬に乗った組合事務員の犬耳娘が、丘の作業現場までやってきて叫んだのである。

「レレイさんに面会したいです！」

組合の事務員は駐屯地に食糧を納入したりといった関係で、アルヌス駐屯地内までは入ることができる。だが、作業場となっている区画は自衛官でも入場証が必要なため、犬耳娘も検問を抜けることができない。

故に入り口で叫ぶしかないのだ。

しかし石工作業というのは岩に楔《くさび》を打ち込んで叩き割る作業だ。凄まじい音があちこちで響いている。そのせいで女の子一人が大声を上げた程度では、誰の注意も引くことはできなかった。

そんな犬耳娘に気付いたのが、辺りをぶらぶらしているだけの伊丹であった。

「レレイに用件か？」

伊丹は犬耳娘に駆け寄った。

「あ、イタミさん。そうなんです、緊急事態です！」

「分かった。待ってな、今呼んでくるから」

伊丹は犬耳娘をそこで待たせておき、すぐにレレイを連れて戻ってきた。

「なに？」

レレイの問いに犬耳娘は言った。

「実は、問題が発生しまして……その、あの……」

説明を聞いたレレイは、すぐに犬耳娘の馬に一緒に跨《また》がった。

そのただならぬ様子に、伊丹も検問脇に置いた自転車に跨がり後を追った。

レレイ達と伊丹が麓の街にある組合の倉庫に到着すると、そこにはいつものように大理石を運んできた行商人の馬車が列を作っていた。

その傍らには自衛隊のトラックも停まっており、ホッファら職工達も周囲を取り囲んでいる。

どうやら少しばかり剣呑《けんのん》な雰囲気にあるらしい。

「どうしたの？」

馬から降りたレレイが、ホッファに歩み寄る。

「あ、施主さん。これを見てやって下さいよ」

荷車を覆う幌《ほろ》を取り除くホッファ。

するとレレイも、珍しいことに眉根を寄せて不機嫌を露わにした。

「これ……違う」

「そうなんですよ。なのにこいつら、注文通りのだって言い張りましてね」

伊丹にもトラブルの原因がすぐに分かった。

行商人が運んできた大理石が絹ごし豆腐のように白くない上に、模様が入っているのだ。

「届いた石を全部点検して」

「はい」

レレイの言葉にホッファ達が頷いて作業に取りかかった。

しばらくするとレレイの注文に適《かな》う『高貴な白』は、半分しかないという報告が上がってくる。

レレイは行商人の頭分《かしらぶん》に告げた。

「『高貴な白』以外はいらない」

だが行商人は注文書をレレイに見せた。

「そんなことは聞いてないぜ。これで良いはずだから金をくれ」

注文書を見たレレイは目を瞬《また》かせた。

発注者の欄《らん》に、知らない仲介業者の名前が入っていたのだ。しかも品物の送り先がアルザスになっている。アルヌスではない。

おそらくこの行商人が別の注文と混同したのだ。きっとアルザスの工事現場でも、注文した石が届いてないと言って頭を悩ませているはずだ。

レレイは、それを指摘した。

「でも大理石に変わりはないでしょう？　不都合があるならそっちで調整してくれ。こっちは頼まれた仕事はしたんだから金を寄こせ」

行商人は大理石ならなんでも良いと思っているらしく、文句を言われること自体が心外そうである。

周りを見れば、この行商人の雇い人達も早く荷を引き渡して金をもらってとっとと帰りたいと、不満を露わにしていた。

「デタラメなポンコツ商人です」

犬耳娘がレレイに囁くと、行商人は罵声《ばせい》を浴びせた。

「うるせえ！　犬女は黙ってろ」

その暴力的な言動に怯《おび》えたのか、犬耳娘は尻尾を丸めてレレイの背中に隠れる。

「とにかく早く代金を寄こせ。ったく、この街は卑《いや》しい亜人種や嘘つき野郎の巣窟《そうくつ》だぜ。俺達は世界に冠《かん》たる大帝国の商人だぞ。それが何日も掛けてこの重たい石を運んだんだ。

感謝して代金を割り増しにしたっていいはずだぞ」

ポンコツ商人はそんな暴言を吐きながら手を差し出した。

帝国との商売で気をつけなければならないのは、一部にこういう者がいることだ。

万事がいい加減で、トラブルが発生すると恫喝《どうかつ》や暴力で解決しようとする。

アルヌスの組合が急成長した背景には、実は帝国にこのような商人が多いという現実があった。

商人としての経験が拙《つたな》かったレレイは、アルヌスで日本人相手の商売を始めると日本流の肌理《きめ》の細かいサービスが常識だと思い込んだ。帝国やあちこちの商人の現実を知ったのは商業活動が本格化してからだ。

トラブルが起きた時の強引な態度に腹を立てたりもした。そのいい加減さに呆れ果てもした。

そしてこうした相手と取引する上では、絶対に譲歩《じょうほ》してはいけないということを学んだのである。

「注文に適う『高貴な白』だけ引き取る。それ以外の石は買わない」

レレイは行商人にきっぱりと告げた。

「どうして!? 全部引き取ってくれよ」

案の定行商人はゴネ始めた。ゴネてゴネてゴネ続けてさえいれば、いずれこちらが根負けすると思っているのだ。

それもまた、犬耳娘の言うポンコツ商人の手口である。

「注文に適った品物だけに代金を支払う」

「頼むよ。これを買い取ってもらえなかったら俺達大赤字だよ。おまんまの食い上げになっちまうよ。俺には痩《や》せ衰《おとろ》えた女房と子供がいて、俺が稼いで帰ってくるのを待ってるんだ」

次は泣き落としだ。

「こちらには関係の無い話」

レレイは、ホッファを振り返った。

「規格に合う物だけ降ろして」

「はい、レレイさん」

ホッファの号令で、職人達が岩を荷車から降ろす作業に入った。さらにレレイは、犬耳娘に買い取る三つ分の代金のみ渡すよう告げる。

「おい、待て待て待て！　こっちのロッソマニアボスキだって良い物のはずだぞ！」

「その言葉は正しい。これは良い物」

「だったら買えよ！」

「どんなに良い品物でも必要とされてない限り価値はない。私に必要なのは混じり気のない純白の大理石『高貴な白』だけ。それだったら高値が付いてもお金を出そうと思う。売る側と買う側がどこで妥協《だきょう》するかは相互の意思と能力次第。それが物に値段が付けられる仕組み」

「なんだよそれ!?　俺達の苦労はなんの意味もないってことか!?」

「そう、苦労そのものは無価値。他人から評価されるのは『必要とされるための努力』のみ……いい加減な仕事を誤魔化すための強弁《ごうべん》、恫喝は価値を損なうと知った方がよい」

レレイは冷たく言い放った。

すると行商人は激高していよいよ怒鳴り散らした。

「この下賤《げせん》なルルドの小娘が！　下手《したて》に出てればいい気になりやがって！　貴様らは黙って俺達帝国市民様が運んできた石に金を払えばいいんだよ！」

言うだけで収まらないのか、その行商人は震わせていた拳をたかだかと振り上げた。

咄嗟《とっさ》のことで、流石《さすが》のレレイも魔法の発動が間に合わなかった。

襲ってくるであろう激痛を堪《こら》えるためにぎゅっと目を瞑《つぶ》る。

だが結局、レレイの身体には衝撃も苦痛も襲ってこなかった。ただ何かにふわっと抱き包まれる感触があっただけである。

ゆっくり目を開けてみる。すると、伊丹がレレイを大事そうに抱きかかえつつ、商人の拳を背中で受けていた。

「いててて」

よっぽど痛かったのか、伊丹は顔をひどく顰《しか》めている。

「なんだ貴様あ。他所様の商談に割って入ろうってのか⁉」

行商人達が一斉に腰の剣を抜き、いよいよ拳以上の暴力をちらつかせ始めた。

伊丹は言った。

「おい、待て、待って待ってよ！　刃物を抜いたら、それはもう商談とは言わないぞ！」

「はっ、こいつを振りかざすのも俺達にとっては商談の進め方の一つなんだよ」

「そうか。なら此の身が御身に刃を突きつけても文句はないな？」

背後からの女声に驚いて振り返る行商人達。

そこで初めてポンコツ商人らは、自分達が完全武装の傭兵に取り囲まれていることに気付いた。

彼らを包囲しているのは、抜刀《ばっとう》したヤオと組合隊商護衛を任務とする傭兵部隊だった。

雑多な種族、雑多な出身の寄せ集めだが、実戦経験の豊かさでは列国の正規軍にも劣らない。威圧感もたっぷりで、こういう時には頼りになる。

「ま、待て！　待ってくれ」

形勢の不利を悟ったのか、ポンコツ商人はたちまち剣先を下ろした。

だがヤオは退《ひ》かない。冷たい視線でポンコツ商人を睨み付け、レイピアをゆっくりとその首に突きつけた。

「嫌だ。此の身は今、猛烈に機嫌が悪いのだ」

そして剣先を使い、じんわりと嬲《なぶ》るように行商人の髭《ひげ》を剃《そ》っていく。

「動くなよ。動くと皮が切れてしまうかも……あるいは血管までばっさり切ってしまうかも」

「た、頼む。殺さないで！」

「どうしようか？」

凍り付いているポンコツ商人達。するとウォルフが前に進み出て皆に囁いた。

「試しに手にしている剣を捨ててみたらどうだい？　そしたら、そのおっかないダークエルフの姉さんも機嫌を直すかも」

ウォルフの言葉を聞いた途端、ポンコツ商人らは一斉に武器を捨て、両手を上げた。

ウォルフは部下達に武器を集めさせながら伊丹に尋ねた。

「どうしやす旦那？　ぼうこう罪って言うんだっけ？　一応、げんこーはんだから私人逮捕ってことで、俺達が警務隊に引き渡すこともできますけど」

伊丹はレレイを抱きかかえたまま肩を竦《すく》めた。

「いいよ、これくらい……ウォルフ、そいつらを街から追い出せ」

「うぃーす」

ポンコツ商人達はウォルフ達に取り囲まれると問答無用で退場させられていった。

「ちくしょう、覚えてやがれ！　千年間恨み忘れないぞ！」

行商人は、悪い噂を流してやる、恥《はじ》を掻かせてやると叫んだ。

「ああ、こっちもお前らの顔はちゃんと覚えた。旦那らの目の届かないところで会ったら、目に物見せてやる」

だが、ウォルフに凄まれると途端に口を噤《つぐ》む。そして追いかけるようにやってきた犬耳娘から大理石三個分の代金を受け取らされ、挙げ句の果てに領収書まで書かされていた。

「二度と来るなよ～」

こうしてポンコツ行商人は、売れ残った石を載せた荷車を馬に引っ張らせながら、とぼとぼと街から出て行ったのである。

「よし、石を運ぶぞ」

行商人が立ち去るとホッファは買い取った石の三つに縄を掛けた。そして陸自施設科の隊員が玉掛けの済んだ岩をクレーンで荷台へと載せる。

その作業を少し離れた位置で見ている伊丹に、ヤオが近づいてきた。

「あ〜、御身達。いつまでそうしているのだ？」

「達？」

伊丹は、ヤオに言われてようやく自分がレレイを抱きしめていることに気付く。レレイが何も言わず身じろぎひとつしなかったこともあり、すっかり忘れていたのだ。

「おっと……大丈夫だったかレレイ？」

レレイはコクリと頷いた。

「大丈夫？」

逆に、伊丹の方が心配されてしまう。

伊丹は殴られた背中をさすりながらも、「ああ、大丈夫大丈夫」と腕をぶんぶん振り回して健在をアピールする。

伊丹は訓練に熱心なタイプではないが、一応は鍛《きた》えている。格闘家相手ならまだしも、ポンコツ商人が相手なら一発二発程度で壊れたりしない。

「レレイの方こそ気を付けてくれよ。あんな奴ら相手に怪我《けが》したらつまらないからな。頑張ってくれるのは嬉しいけどさ、ほどほどで良いんだからな、ほどほどで！」

「…………問題ない」

伊丹の言葉に、レレイはいつものように淡々と返事をする。

だが伊丹は、その声の響きに苛立ちあるいは神経のささくれとでも称すべき感情の揺らめきを感じた。はっきりと言えば、レレイが不機嫌になった気がしたのだ。

「どうしたんだ？」

何か、レレイの感情を害するようなことを言っただろうかと思い、尋ねる。

「……」

だが、レレイは伊丹を見上げ自分の胸に聞けとばかりに見つめるだけである。

もちろん、その眼差しの意味を察することができるほど、伊丹は器用ではない。

やがてレレイは、無反応な伊丹を突き放すように「なんでもない」と返し、岩を積み終えたホッファ達のトラックに、「自分も」と言って乗り込んだのだった。

「おい、レレイ！　待てよ」

伊丹を残して丘を上っていくトラック。独り残された伊丹はヤオに尋ねた。

「レレイの奴、どうしたんだろう？」

「おそらくは御身のせいだな」

「どうして!?」

「御身がレレイの求めに応《こた》えてないからだ……だから、ああして拗《す》ねているのだ」

「拗ねてる？　レレイがかぁ？」

「それ以外に、何が考えられる？」

あのレレイが拗ねてる？　……伊丹にはいまいちそれが信じられなかった。

「ちなみに此の身は今、ご主人の愛情を欲しているのだが……」

そんな伊丹を見たヤオは、隙ありとばかりに、飛びついた。

すると伊丹はヤオをしっかりと受け止める。

ヤオはいつにない伊丹のその意外な反応に戸惑うように問いかけた。

「御身、どうして逃げない？　いつもなら、あっさり此の身を躱《かわ》すのに……」

「そう言われてみれば……そうだな。どうしてなんだろ？」

伊丹も不思議そうに首を傾げた。

そう、いつもなら、伊丹はヤオに飛びかかられると反射的に逃げる。だが今日に限ってはしっかりと抱き止めていた。咄嗟《とっさ》に、反射的に。

どうも大陸北辺から帰ってきて以来、スキンシップに対する感じ方が以前と違っているようである。

試《こころ》みに、ヤオの頭を撫でてみたりする。

「あ、あわ、あわわ！」

するとヤオは「何をする⁉」と自分から抱きついたくせに、自分から逃げていった。

ヤオの頬《ほお》や耳が真っ赤になっている。その恥ずかしそうな表情からは少女のような可愛らしさすら感じられた。

「これって、もしかして伝説の『ナデポ』か⁉」

「な、なでぽとは……なんだ⁉ なんだかもの凄く馬鹿にされているような感じがするが？」

「別に馬鹿にしてないぞ！」

「いや、御身の口ぶりには明らかに此の身を嘲弄《ちょうろう》する響きがあった」

「誤解だって……」

いぶかしがるヤオに伊丹は『ナデポ』の概念《がいねん》を説明した。

曰《いわ》く、小説や漫画などで男女が出会ってから、女性が男性に好意を寄せるようになるまでのプロセス描写を大幅に省略し過ぎた結果、男が女性の頭を撫でたり、ニコっと微笑んだだけで、女性の方がその男に『ポッ』となってしまったように見える描写のことである。

「ならば、此の身のこれは『なでぽ』には当てはまらないではないか!? 此の身は別に、撫でられたから御身に好意を抱いたわけではないのだぞ！」

あえて称するのなら、ヤオの反応はただの『照れ』だ。まさか伊丹の側から自分に触れてくるなどと思っていなかったが故に起きたことだ。

ヤオは、前提となる自分の気持ちというものを全く無視してしまう伊丹を見て、呆れ果てた。そしてこの男が相当に難物《なんぶつ》であることを再認識し、深々とため息をついたのである。

08

課業終了のラッパが鳴り、職工達が街へと戻っていく。

「今晩、何を喰う？」

「仕立屋のところの角にある飯屋が美味そうだったぞ」

賃金とは別に支給される食券は、街のあらゆる飲食店で使用可能だ。一日の終わりに、大陸各地から掻き集められた食材で創られるバリエーション豊かな料理を、濃いめのエールと共に味わうことが彼らの楽しみらしく、この時間になるとどの店が良いとか、何が美味かったといった話が飛び交った。

学徒達も筆を洗ったり、蝋を溶かすための火を消すなどの後片付けを始める。

レレイも、腰を上げて長時間の座り仕事で強ばった足腰を伸ばしていた。『門』再建のような長期にわたる仕事では、一時に力を使い果たしても良いことはないと納得したようだ。

そんなレレイに伊丹が呼びかけた。

「レレイ？」

晩の食事を約束していたわけではないが、工事が始まってからは一緒に食事をとるのが慣例《かんれい》となっていた。連日残業するレレイのために、伊丹が食事を運んで来ていたからだ。

レレイは伊丹の呼びかけに応えて振り返った。

だが、伊丹の顔を見て何か思い出したようにぷいっと視線を逸らす。『わたし不機嫌です』という意思表示なのは伊丹にも理解できた。

そんな二人の様子を見ていたスマンソンが、伊丹に対して「へっ」と嗤《わら》った。

「先生、良い店を知ってるんです。これから一緒に行きませんか？」

そして、ここぞとばかりにレレイを食事に誘ったのである。

「最近、野菜分が不足している」

「なら丁度いいや。僕が良い店を知ってます。一緒に行きましょう」

「イタミさんはどうします？」

空気を読んだフォルテが、この場を取《と》り繕《つくろ》うように伊丹に声を掛けたが、伊丹は断らなければならなかった。

「いや、実は幹部食堂に食事を頼んであって……」

既に幹部食堂に食事を二食分用意してもらっていたのだ。一つが自分の分、もう一つがレレイの分であることは言うまでもない。

だがどうやらその一食は無駄になってしまったらしい。せめて自分の分は食べてしまわなければならない。

「しょうがない……」

学徒達に囲まれたレレイが立ち去っていくのを見送った伊丹は、いつものように作業現場を見回り、誰も残っていないことを確認してから哨所《しょうしょ》へと向かった。

「作業所出入り口、立哨中異常なし！」

哨戒に立っている陸士長から敬礼を受ける。

「お疲れ様、中は誰も居ないのを確認してきたよ。そっちの残留人数は？」

陸士長は小机の上に置かれた書類と、数取器《かずとりき》にカウントされている入場者と退場者の差異を確認する。

「『一』です。これは伊丹二尉のことですね」

「そっか。じゃ、俺も帰るわ。後はよろしく」

「了解」

陸士長は退場者の数取器のボタンを「カチッ」と押す。

これで入退場者の数は一致して、記録の上でも作業場には誰も残っていないことになるのである。

食堂で皿を洗うKP作業員の「お疲れさんです！」という声に応えながら食堂を出た伊丹は、食堂前に停めておいた自転車に跨がって駐屯地を出た。

自転車は長い丘の下り坂を滑るように進む。

既にあたりは真っ暗になっていた。

だが街の組合食堂の一角は、未だ煌々《こうこう》と焚き火で照らされていた。沢山のテーブルをみんなで囲み、肩がぶつかる距離で、飲んで、食べてと騒いでいるのだ。

アルヌスの街は大きく様変わりしたが、この店の雰囲気だけは以前のままだった。

「いらっしゃい。イタミの旦那」

店員達に陽気に迎え入れられた伊丹は、ロゥリィとテュカの姿を発見して驚く。

テーブル席を確保した二人は、差し向かいに座り、食事をしながら杯を傾けていたようだ。

「どうしたのぉ？　まぁ、立ち話ぃもなんだしぃ……ここに座『れ』なさぁい」

ロゥリィは誘い言葉と命令の混ざった言い方をしながら、隣の椅子をぽふぽふと叩く。

「あら。こっちの方がいいわよ、おとうさん」

テュカも、対抗心が湧いたのか自分の隣の椅子をぽふぽふと叩いた。

どっちを選ぶのかしら？　という二対の視線に晒されて伊丹はしばし立ち竦むことになった。

こんな時、普段の伊丹ならテーブルのもう一辺の席を選ぶ。二人は伊丹のそんな性格を見越した上でからかっているのだ。

だが今宵《こよい》の伊丹はひと味もふた味も違っていた。

「こっちに来いよ」

今し方空いたばかりのカウンター席を占領し、二人には自分の両隣に座るよう誘った。
三人並んで座るなら、テュカもロゥリィもそれぞれ伊丹の隣に座ることができるのである。

「あらぁ、ヨウジィも成長したわねぇ」

「あたしの教育のたまものよね？」

伊丹の右側にロゥリィ、テュカは左側。ジョッキを運んだ二人は、止まり木に腰を下ろしながらそんな風に言った。

「で、どうしたのぉ？」

「一人で飲みに来るなんて珍しいわね」

左右からの問いに伊丹は肩を竦めた。

「俺から言わせてもらうと、二人が差し向かいで飲んでる姿の方が珍しいような気がするんだけど……」

「それはヨウジィが今まで知らなかっただけのことよぉ」

「一応、レレイのターンなんで遠慮してるのよ」

テュカはエールを傾けながら言った。

「レレイのターンて何？」

「こっちの話」

ロゥリィとテュカは互いに見合って苦笑した。そしてまだ答えの得られていない質問を、再度伊丹に投じた。

「で、こうして一人で飲みに来た理由は何？　どうしてレレイは、折角の機会を無駄にしているのかしら？」

「実は……」

伊丹は先日ヤオから言われたことや、今日のレレイの様子について二人に語った。

「なるほどねぇ」

「ヤオに、レレイがむくれているのは俺に責任があるみたいなことを言われてさ、それが何故なんだか分からなくって。そしたら今日は学生連中とさっさと行っちゃうし……」

テュカとロゥリィは互いに顔を見合わせて苦笑した。

「分からないのぉ？」

伊丹の顔を覗き込んだロゥリィは、ころころとお腹を抱えて笑った。

「ああ」

「ホントにぃ分からないのぉ？」

「残念ながら」

「どうしてそんな単純なことに気付けないのかしらぁ？」

「これって、単純な話なのか？」

「そうよぉ。ヨウジィ、わたしぃやテュカと違ってぇ、レレイはヒト。しかもすごく歪《いびつ》に成長した娘なのぉ。しっかりしてるように見えても対人面ではまだまだ子供。未熟だってことを忘れないであげてほしいわねぇ」

「レレイが凄く大人びている反面、とても不器用なところを抱えた娘だってことは分かるよ。けど、分かるだけで、どうしたら良いかはさっぱりだ……」

伊丹は、途方に暮れていると言った。

「テュカぁ、ここはちゃんと説明してあげないとダメかしらねぇ」

「そうかもね。ヨウジがちゃんと考えるようになるのは、あたし達にとっても良いことだし。ここは一つアドバイスしましょう」

「けど、何から何まで教えてあげるのはさすがに業腹《ごうはら》な気がしなぁい？」

「言われてみればそうね。ロゥリィが播《ま》いてあたしが収穫して、食べるのがレレイっていうのもカンに障《さわ》るし」

「あの、二人とも？　何を言ってるかよく分からないんだけど」

「ヒントをあげるから、自分で考えろってことよぉ」

ロゥリィはそう言ってエールの入ったジョッキを呷《あお》った。そしておもむろにこう言い放った。

「レレイは可愛いところのない娘よぉ」

「何を言う。レレイは可愛いぞ」

「では、愛想《あいそ》と言い換えましょう」

「ああ、それなら納得。レレイには愛想というものは全くないな」

伊丹もロゥリィの言をきっぱりと認めた。

するとテュカが続けた。

「ヨウジは、レレイが誰かに『お願い』ってお強請《ねだ》りするところ、見たことがある？」

「お強請り？」

「何かを代価とする取引とか、交渉とかじゃなくて、個人的に誰かの情に訴えてこうして欲しいって頼み込むことよ」

伊丹は首を傾げた。レレイが高機動車のハンドルを握りたがる時などが、それに近い気がする。

だがそんな時でもレレイは、運転席にさっさと座り、伊丹に有無を言わせない実力行使という形を取る。そうでなければ、無言で圧力をかけてきて相手が引き下がるのを待つか、論理的に自分の有能性を語って了解を得るか、そのあたりがレレイの基本姿勢だ。間違っても「私に運転させて。お願い」などと言って、情に託して甘えたりはしない。

「ないな」

「あの娘って、誰かに甘えるってこと、絶対にしないのよね。もちろん、礼儀として頭を下げることはする。けど、好意を頼りに何かをして欲しい……なんて口にしたことがないの。あの容姿で上目遣いになって、『おねがい』なんて言われたら大抵の男はイチコロでしょうにね？」

テュカはそう言って笑った。

その意見には伊丹も同意できた。

「ところが、あの子はその折角の武器を使えないってわけ」

テュカの言葉に、ロゥリィは続けた。

「そんな娘がぁ誰かに何かして欲しいと思った時ぃ、どうすると思う？」

伊丹はしばし考えた。だが、結局答えは思い浮かばない。

「レレイの場合、一生懸命相手のためになることをしてぇ、そのお礼、ないしは代価という形で欲しい物が与えられるのを待つのよぉ」

「ちょっと待てロゥリィ。それって相手に通じるとは限らないんじゃないのか？　何がして欲しいとか、これが欲しいとかちゃんと言わないと……」

「レレイは、それが言えないくらいに不器用なのよぉ。何故かは知らないけどぉ」

「もしかするとレレイの周りにいた人間って、あの子が欲しいと願う物ほど与えないような、歪《ゆが》んだ気性の持ち主だったかも知れないわね。あの子を見てて、そんな風に感じる時がある」

テュカの言葉を聞いて、伊丹はロンデルで出会ったレレイの姉を思い浮かべた。

アルペジオ・エル・レレーナ。だが、彼女はテュカが言うようなタイプではない。レレイとは正面からとっ組み合っていたし、欲しい物があったら堂々と奪い取るタイプだ。

カトー老師もそうだ。少なくともレレイが欲しがっているものを横取りしたり、あえて与えないで優越感に浸るという性格の持ち主ではない。

だとすると、一体誰がそういう毒的な存在だったのだろうか？

おそらくは、これまで話題に上ったこともなければ影すら感じたことのない、彼女の親ではないだろうかと伊丹は思った。

「そんなレレイが今回すっごく気を張って『門』の再建を頑張っているわぁ。それは何故？」

「『門』を開いてニホンとの交易を再開することだろ？　組合の経営も安定するからな。

それと、俺達のため……かな？」

伊丹の答えに、ロゥリィとテュカの二人は明らかにがっくりときたようで、背中を丸めて頭を抱えた。

「そ、そう来たか……」

「ロゥリィ！　テュカ⁉　俺、何かまずったか？」

「ううん、あんたが難儀な男だったってことを再認識しただけよぉ」

テュカは顔を上げて言った。

「この話の流れでヨウジのためって答えが出てこないのは、自明のことであえて言うまでもないって思ったから？　それとも口にするのを遠慮したからなの？」

「さすがに傲慢《ごうまん》な気がして」

「その遠慮がレレイが欲しい物を得られない理由になってるわけね。あの子も不憫《ふびん》ね……」

「そっか、レレイが頑張ってくれているのは俺のため……か」

「そうよ。レレイが何日も徹夜して頑張ろうとする最大の理由は、ヨウジィにして欲しいことがあるからなのよぉ」

ロゥリィとテュカの二人にそう言われて、伊丹は妙にこそばゆい気持ちになった。

「レレイが、俺にして欲しいことって何だろう？」

「さあ……例えばぁこんな感じなことかもぉ知れないわよぉ……」

ロゥリィとテュカは左右からイタミの腕にしがみついて頬をつけた。

「優しく抱きしめて『レレイ。ありがとう』なんて感謝の言葉を囁いたらもうイチコロよぉ。そうすればレレイだって疲れも何もかも吹っ飛んで幸せに気分になっちゃってぇ、今以上に張り切ってくれるわよぉ……きっとね」

「そうなのかなぁ」

「もちろんそれで終わる必要はないわよぉ……」

「えっ？」

「なにを躊躇《ためら》っているのぉ？　ここまでしたら後はするべきことは決まっているでしょ？　それともぉ、わたしぃが何を求めてるか言わないと分からなぁい？」

理解できたなら実行しろとばかりに、二人は伊丹の首に両手を巻き付けた。

「いや、いくらなんでも無理でしょ」

流石に大勢の客が見ている中でこれ以上のことをできるはずがない。伊丹は、二人にからかわれているのだと気付くまで硬直し続けていたのだった。

＊　　＊

ロゥリィとテュカから教わったことは、伊丹の中にしっかりと根付いた。

レレイは伊丹に何かを求めている。だが伊丹はそれに応えられていない。だから彼女は不機嫌なのだ。

その何かとは、抱きしめて「ありがとう」と囁けば事足りるほど単純な物ではないだろう。レレイがこれほどの情熱を『門』の再建に注ぎ込むからには、相応に切実なものであるはず。

伊丹はまず、彼女が何を望んでいるかをこれまで以上の熱意でもって知ろうとしなければならないのだ。

そこで伊丹は職工や学徒達へ差し入れをすることにした。差し入れをして、雑談して、自然な流れの中で、レレイが欲しいものって何だろうという話題を出そうと思ったのだ。

『門』再建の工事が始まって二十日が経過したこの日、伊丹が選んだのは、特産品の『餅栗《もちくり》』を焼いたものだ。

『餅栗』というのは正式な名前ではない。『ぎゃんだ』の名で呼ばれる。

外見的には『栗』に似た堅果類《けんかるい》だが、焼いて殻《から》を剥《む》くと餅のような食感の実が出てくる。そのため自衛官達は『餅栗』と呼んでいるのだ。

これを十キロ袋二つ分、倉田の手を借りて二人で一緒に運んでいた。

ところが、作業場に近づいても槌音《つちおと》が聞こえてこない。

いつもなら岩を割り立方体ブロックを成形するけたたましい音が鳴り響いているのに、今日に限ってはまるで休日のように静まりかえっていたのだ。

「何やってるんだろ？」

「隊長、もしかして今日は休日とかだったりしません？」

「いや、休日は俺達と同じ土日だったはずだけど……」

見れば、作業場には職工達がちゃんと出勤していた。

問題は彼らが仕事をしておらず、あちこちで輪になって駄弁《だべ》っていることだ。

伊丹は見習いのツムを見つけて声を掛けてみた。

「どうしたの？　今日は仕事は？」

「実は石が届かないんです。だから働きたくても働けなくって」

「石がない……どういうことだ？」

「なんかあったみたいですよ。組合の犬耳の女の子達が慌ててたし……」

早速伊丹は餅栗の配布を倉田に任せて麓の街へと向かった。

組合事務所に行ってみると、既にロゥリィ、テュカ、レレイらが集まって鳩首《きゅうしゅ》会談をしている。

「もしかして、この間のポンコツ商人とのトラブルが原因か？」

「違う。事態はもっと深刻」

レレイが答えた。

「実は、イタリカで問題が発生したのです」

レレイの説明を補足する男の声に振り返る。

そこにはフォルマル家方面の地域支配人リュドーと帝都方面の地域支配人であるベルラインがいた。さらにその背後には、このアルヌスで働く組合各部門の部門長達がぞろぞろと従っている。

「あ、リュドーさん……イタリカで何があったんです？」

「その件については会議室で説明させて頂きます。おいで下さい」

リュドーの言葉を受け、やって来た者はそのまま会議室へと流れていく。テュカ、レレイ、ロゥリィもそれに続いて会議室へと入っていった。

「おいで下さいって……俺も参加していいの？」

「御身も組合の顧問《こもん》であろうが？」

ヤオの言葉で、伊丹は忘れていた自分のもう一つの肩書きを思い出す。

既に主だった者達は席に着いていた。伊丹も隅の空いている席を見つけて着席する。

皆が座ったのを確認してから、レレイは正面に立った。

「大理石の入荷が途絶えた。姉のアルフェも到着しない。砂が届かないとガラスが作れないので困る。そこでロンデルのミモザ老師に鸚鵡鳩《おうむばと》通信で問い合わせた」

「それで？」

「すでにアルペジオはロンデルを出ているという報せがあった。出発は十五日前のこと」

ベルラインは首を傾げた。

「十五日前ならもう到着してないとおかしいですなあ。一体何が？　事故ですか？」

するとリュドーが立ち上がった。

「実は、途中で道が通れなくなっているのです。それが今回皆に集まってもらった理由でもある」

「橋でも落ちましたか？」

「実は、イタリカで政変《せいへん》が起きました」

「政変？　い、イタリカで？」

「考えられない。何かの間違いでは？」

レレイが姉の話から始めたので、自分の仕事とは直接関係がないと思っていた部門長達もイタリカで政変と聞いて身を乗り出した。

だがみんな容易には信じなかった。というのもフォルマル家には、政変が起こる要素など全くと言っていいほど存在しなかったからである。

まず代官として帝国政府から派遣されているガルフ・ス・トリーム。

この男は位階こそ高くないが清廉《せいれん》で生真面目《きまじめ》な男として知られている。細かい規則や決まり事にうるさく融通が利かないため、その手続きに閉口させられている商人は少なくないが、逆に言えば争い事や裁判があっても公平で公正な判決を下す。

行政手続きも首尾一貫《しゅびいっかん》しているため、文句を言いながらも皆は高く評価していたのだ。

そしてフォルマル家も、当主ミュイを家臣達が一丸となって支えている。

市民達も経済的に豊かになったこともあり、盗賊に襲われた痛手からも立ち直って世《せ》情《じょう》も落ち着いていた。

盗賊の類もいない。イタリカを襲った盗賊集団が一撃で壊滅させられたことはあの地域一帯では伝説と化しており、故に犯罪者もあの近辺を通ることを避けるようになっていたのだ。

それだけに、政変なんて信じがたい話なのである。

「一体全体どうなってる？」

「考えられない」

「静粛《せいしゅく》に、静粛に」

リュドーが声を張り上げて皆を鎮める。やがてみんなが黙ったところで、ロゥリィがおもむろに口を開いた。

「原因は一体何ぃ？」

リュドーは額に浮かんだ汗を袖口で拭《ぬぐ》った。

「実はミュイ様の姉君達が……」

「ミュイさんの姉？　もしかしてイタリカが盗賊に襲われる遠因《えんいん》になったという噂の？」

伊丹も、かつてフォルマル家で起きたお家騒動の原因がミュイの姉達にあるということは聞いていた。

「そうです。ローエン伯家に嫁いだアイリ様と、ミズーナ伯家に嫁いだルイ様のお二人が、ミュイ様の婿《むこ》にすると言って、ローエン家の三男ローバッハ様と私兵軍を引き連れてイタリカに乗り込んで来ました。そしてフォルマル家はお二方に乗っ取られてしまったのです」

「なんですって⁉」

ロゥリィとテュカの二人は、これを聞いて思わず立ち上がったのだった。

＊　　＊

アルヌス協同生活組合はフォルマル伯爵家から免税特権を与えられている。

これによってアルヌス協同生活組合は、ファルマート大陸有数の企業体へと飛躍《ひやく》した。

もちろん最初からそうなることが予想されていたわけではない。

イタリカ防衛戦の戦後処理の交渉を自衛隊と行ったハミルトンも、これを認めたピニャとミュイも、レレイ達三名がイタリカを訪れた理由が翼竜の鱗《うろこ》の取引のためだと聞き、「ああ、それなら今後も商取引の際に税金を支払わなくてもいいよ。助けに来てくれたお礼に何もあげられないから、せめてもの気持ちだよ」程度の理由で、この一文を協定の一行に加えたに過ぎなかった。

それだけに、アルヌス協同生活組合が大規模な事業体へと成長してしまうと、ピニャもハミルトンも、心穏やかではいられなかった。石ころだと思って何気なく与えた物が、実はとてつもない宝石だったと後になって気付いたのだ。

とはいえ、この協定は組合側が一方的に利益を貪《むさぼ》るものにはならなかった。組合が拡大成長していったことで、フォルマル家も多大な利益を得たからだ。

アルヌス協同生活組合は帝国のみならず大陸各地にその商圏を広げている。そして掻き集められた物産は、まずアルヌスに集積され、そしてそこから再び各地へと送られる。

その際、帝国向けの商品は、ほとんどがイタリカを経由する。イタリカを通過させれば前述の理由で、その分だけ品物が安く売れるからだ。

すると免税特権のない普通の商人達も、イタリカに集まって来た。もちろん組合の品物を買うためだ。帝国領の都市はなにも帝都だけではない。組合の商圏は大陸各地に広がっているが、帝国全土津々浦々《つつうらうら》を網羅《もうら》するほどではないのだ。

おかげでフォルマル伯爵領は帝国内の物流ハブ（拠点）となって好景気に沸いた。

内乱時には、皇帝と元老院が避難してきたこともあり、政治の中心となって多くの人脈が形成された。

さらにミュイは若くて贅沢にも興味がないので税金は安い。一方で先代の威徳《いとく》もあって領内は亜人達も含めると労働者人口が多く、そうした者達も職を持てば税金を払う側になっていく。

結局、フォルマル家はこれまでの帝都への穀物《こくもつ》輸出以上の税収を得るようになったのだ。

しかしながらアイリとルイの二人がやってきた。

この二人、かつてフォルマル家を混乱の坩堝《るつぼ》に落とし込み、それが直接の原因とは言わないまでも、イタリカを盗賊に襲われるまでに弱体化させた。そのためイタリカの住民達はこの二人を蛇蝎《だかつ》の如く嫌っている。

だが貴族というのは、嫌いだからといってどうこうできる存在ではない。ましてや当主ミュイの姉だ。

そのため民衆は、二人がすることを黙って受け入れるしかなかったのだ。

問題は、対立していたはずのアイリとルイの二人が、今になってどうしてこんなに仲良く振る舞えるのかである。

だがその問いに対する答えは誰も持っていなかった。そしてそんな二人が何故か口を揃えて、ミュイに向かってローエン伯爵家当主の三男ローバッハと結婚しろと迫ったのだ。

「前にも断りました。まだ、わたしには結婚は早すぎます」

ミュイは自分の年齢を盾に断ろうとした。だが二人の姉は口々に言った。

「いいえ、結婚に早すぎるなどということはありませんよ」

「少し早いくらいが良いのです」

「でもお姉様、わたしはまだ未熟です。立派な領主になるには学ばなくてはならないことがたくさんあります」

「結婚しても、学べるではありませんか」

「それに、聞くところによると貴女、先のパレスティー家のご令嬢の結婚式では、ゼプリルまでしたそうじゃないですか。ならばこの良縁は、その褒美《ほうび》として神が下された好機と思わなくてはなりませんよ。これを無為にしたら、きっと神の罰を受けることになるでしょう」

「それに代官のガルフ某《なにがし》とやらだって、いつまでもこの地にいてくれるわけではないのですよ」

「ええ、そんな⁉　聞いてません」

救いを求めるミュイの視線に応え、フォルマル家のメイド長が前に出て当主の思いを代弁した。

「僭越《せんえつ》ながら申し上げます。当家はピニャ殿下の後見《こうけん》を頂いております。また以前同様のお話をお二方から頂いた際も、皇帝陛下からミュイ様の好きにさせるようにとのお言葉を賜《たまわ》っております。陛下の覚えもめでたい今、ガルフ様が取り上げられてしまうということはないかと」

「それは、甘いですね」

「これをごらんなさい」

アイリは内務省からの手紙を、メイド長のラム・エム・カイネに見せた。

「帝国内務省から、なんとかするようにとの内々の通知です」

「こ、これは？」

それは、皇太女府開府に伴いピニャが人材を掻き集めようとしている今、有能な人材を地方領主のために出し続けておくわけにはいかないから、自分で領土を統治してくれないかという内々の申し入れであった。

帝国政府の官僚は、皇帝やピニャに直接進言したら「ガルフはフォルマル家に必要だから」と拒絶されるため、フォルマル家自ら代官派遣を辞退するように仕向けているのだ。

「ピニャ殿下は、次代皇帝になられるお方。そのガルフ某も皇太女府に戻れば、相応の地位を得ることになりましょう」

「ガルフ殿へのこれまでの感謝があるなら、その出世を阻《はば》むようなことをしてはいけないぐらいのことは、貴女にも分かるわよね、ミュイ」

「そ、そんな」

「その手紙には領土の統治が貴女の手に余るようなら、封土を皇帝陛下に返上してはどうか、とまで書いてありますのよ」

封土の返上と聞いてミュイは狼狽《うろた》えた。

帝国政府が、ちゃんとした後継者のいない貴族に、封土を返上してはと勧めていることはミュイも聞いている。

その目的の一つは、内乱で主《あるじ》を失った貴族の家に、親戚と呼ぶにも呼べないほどの遠縁の者が当主として納まることを防ぐこと。

二つ目は、内乱で功績のあった亜人種族の長を貴族に任じ、彼らが住んでいた土地を封土として与えたことで減った直轄領《ちょっかつりょう》を補《おぎな》うことである。

封土を返上すれば大事な収入源を失うことになるが、代わりに貴族としての威厳《いげん》を維持できるだけの配当のある国債《こくさい》が与えられる。そのため領地の経営がうまくいっていない貴族達は、この提案に飛びついているという。

だが、フォルマル家はそれをしてよい家ではない。

帝国の直接統治を受けることになれば、その政策がこれまでのように亜人種に優しいものではなくなってしまうからだ。

これまでミュイを守ってくれたメイド達、さらには領民の生活までも様変わりさせられてしまう恐れがある。

それを防ぐには、ミュイは自分の手で領地経営していけることを示さなければならなかった。

「だからこそ結婚です」

ルイはミュイの耳元で言った。

「良い夫を迎えて、その方に実務を委ねるのです。そうすれば全ては解決です。どうですか？」

二人がかりで矢継ぎ早に言われたミュイは、どう答えて良いか分からず俯《うつむ》いてしまった。

「………」

「し、しかし、そのような内々の話がどうして我が家ではなく、お二方の下に？」

ミュイに断りの言葉を考える時間を与えようと、メイド長が二人に尋ねた。

「もちろん私達がミュイの姉だからですわ」

「だからミュイを説得して欲しいと頼まれました」

「全ては貴女のためなのよ」

それを聞いたメイド長は、実際には順番が逆であろうと悟った。

おそらくは二人の方から内務省に、このような指示を出せと願ったに違いない。自分達の意のままになる夫をミュイに押しつけることで、フォルマル家を実質的に乗っ取ろうとしているのだ。

でなければこんな都合良く、婿としてローバッハを連れてこられるはずがない。

だが、二人の前でミュイにそれを伝えることはできない。メイド長はもどかしげにミュイを見ているしかなかった。

二人の姉は最後通牒《さいごつうちょう》とばかりに告げた。

「もちろん拒否するのも自由ですわ。けれど代官は帝都に引き揚げられてしまうのです。ミュイ……貴女に領地の統治ができますか？」

「そ、それは……」

ミュイは全く自信がなかった。今、彼女は一生懸命勉強しているつもりだが、勉強すればするほど分かってくるのは、自分には知識や経験が足りないということだけである。

今、ミュイが伯爵家の統治を始めたら多くの人々に迷惑をかけることになる。

責任感の強いミュイは苦しげに言った。

「で……できません」

「自分で統治するのが難しければ代官を雇《やと》う方法もあります。けれど、良い人材がいますか？」

二人に問われてメイド長は困ってしまった。今時、しっかりした人材は、中央政庁で引く手数多《あまた》だ。そうそう見つかるものではない。

「ローバッハは良い青年ですよ。夫の弟で、なかなかに優秀です」

「彼と結婚すれば、貴女の悩みは全て解決するではありませんか」

「で、でも……」

ミュイは助けを求めるように左右を見る。だがそこにいるのはメイド長やメイド達ばかりで、この場で口を開くことを許される者はいない。

ミュイがここではっきり嫌だと言えば、その瞬間から彼女達もミュイの意思を実現するために動くが、ミュイの指示のない状況では何もできないのだ。

メイド達は期待の目でミュイを見る。しかしミュイには姉達を追い出せなんて命令は出せなかった。

「嫌だと言うのですか⁉」

「……そ、それは」

ミュイの胆力《たんりょく》では姉達に逆らいきれないのだ。

姉二人に迫られ何も言えなくなったところで、ローバッハが前に出た。

「やあ、ミュイ、お久しぶりだね。僕が君の夫になるよ。領地の統治は僕に任せて、君はこれから毎日詩歌《しいか》や音楽を楽しんでいればいいんだよ」

ローバッハに微笑みかけられたミュイは、愛想笑いを返すことしかできなかったのである。

＊　＊

リュドーは言った。

「問題は、そのローバッハです」

ローバッハは自らミュイの婚約者を名乗り、引き連れてきたローエン家の私兵に命じて、フォルマル伯爵家とイタリカの街を瞬く間に制圧してしまった。

代官のガルフは抗議したが、彼の立場では領主の姉を相手に刃向かい続けることもできない。たちまち全ての権限を取り上げられ、帝都へと送り返されてしまったのである。

フォルマル家の私兵軍も解散させられ、使用人やメイド達も、放逐《ほうちく》こそされなかったが全員が下働きに降格させられた。

さらにミュイの身辺はルイが連れてきたミズーナ伯家のメイド達で固められ、慣れ親しんだ者は、みんな遠ざけられてしまった。

リュドーの報告を聞いてみんな呆れ返る。

「無抵抗で乗っ取られるなんて」

テュカの呟きに、リュドーは残念そうに答えた。

「ミュイ様のお歳《とし》では無理からぬ話かと……」

「で、そのあと、そのローバッハは何をしたのぉ？」

ロウリィは尋ねた。

「領地経営の合理化、効率化、付加価値の追求などと称して、領内で前例のない様々な賦課金《ふかきん》の徴収《ちょうしゅう》を始めました」

リュドーは、新たに導入された賦課金の種類を指折り数えていった。

「道路使用料、倉庫使用手数料、入国管理手数料、武器管理登録料等々……」

「なんだそれ!?」

「酷《ひど》すぎる！」

部門長達が口々に言った。

「あ、そうそう。猫観察料なんてものもあります」

「ね、猫観察料!?　何それ!?」

「要するに野良猫を見た者は代金を払えというものです」

テュカは聞くに堪《た》えないとばかりに叫んだ。

「それって、協定違反よ！」

「私もそのように抗議しました。ですがローバッハは、協定で定められているのは免税である。しかしこれらの賦課金はフォルマル家私有財産の使用料であり、税金とは別のもの。嫌ならば利用しなければ良い……ということでした。挙げ句、こうした布告を知らずに領内に入った者に対しては強引に取り立てを行い、支払えない者を片《かた》っ端《ぱし》から捕らえているのです。レレイ様の姉君はこれに引っかかったものと思われます」

「酷いなんてもんじゃないな。めちゃくちゃだ」

ベルラインは言った。

「ミュイの婿も何を考えているのかしら？」

「まだ、ミュイ様は結婚していません！」

テュカが口にした婿という言葉に、リュドーは過敏《かびん》に反応して不機嫌そうに言い返す。

それを聞いた伊丹は、自分が発言していいものかと迷いつつ手を挙げた。

「あの……リュドーさん、基本的な質問で申し訳ないんですが、こちらの制度的にどうなんですか？　まだ結婚してないのに、よその家の内情に口を挟んだりしていいんですかね？」

「ミュイ様に、姉君に逆らえと言うほうが難しいかと。ローバッハはそこを後ろ盾に、いずれ自分が取り仕切るのだからという理由で、フォルマル家で好き勝手しているのです」

「それで、イタリカは往来できなくなっちゃったわけね？」

「はい。この手の噂は瞬く間に広がりますからな。おそらく商人達は誰もイタリカに寄りつかなくなるでしょう。誰だって余計なお金は払いたくない。遠回りしたってフォルマル領を避ける」

テュカはプンプンと頬を膨らませて言い放った。

「イタリカが栄えるようになったのは、余計な税がかからないからよ。なのに利用料となんとか言って税金もどきを徴収していったら、干上《ひあ》がっちゃうわ。そんなことも分からないなんて、そのローバッハとかいう男、馬鹿なんじゃないの？」

「テュカ様。私は彼が悪意でそうしている可能性を危惧《きぐ》しています」

「フォルマル家をわざと傾けさせようとしていると？」

リュドーは頷いた。

「姉君達からすれば自分より豊かな妹など許せないのでしょう」

「なんとかその政策を止められない？　帝国政府に働きかけるとかして」

「無理です。それぞれ領主には不入権《ふにゅうけん》というものが与えられておりますので」

リュドーが残念そうに言った。

ロゥリィがベルラインに尋ねた。

「そもそもぉミュイの結婚話は潰《つぶ》すようにって工作してもらったはずだけどぉ、どうしたのぉ？」

「申し訳ありません聖下。一度は止めることができて安心したのですが、その後に我らが雇っているロビイスト以上の力が働いたようです。直接ピニャ殿下からのお言葉なりを得ていたなら、話は違ったのでしょうが……」

ピニャに頼んでおけば、こんなことにはならなかったのだ。

しかしピニャを使わず、ロビイストを使って働きかけるよう命じたのはロゥリィだ。このことを言えばロゥリィを批判することになってしまうため、ベルラインも言葉を選んだ。

しかしロゥリィは、言外に含まれていた自分の失敗への指摘を感じて顔を伏せた。

「背景を調べてくれるぅ？」

「かしこまりました。しかし問題は今後です。どういたしましょう？」

テュカがリュドーとベルラインに尋ねた。

「イタリカを経由した交易のメリットはなくなるわよね？」

「はい。元イタリカの民としては口惜しいばかりですが、こうなってしまうと普通に帝国の国境を越えた方がマシです」

「仕方ないわ。今後、帝都方面に向かう隊商は直接国境を越えさせましょう」

「誰か地図を持ってきてくれ」

リュドーが事務員に地図を用意させる。会議参加者達は皆で頭を寄せて地図を覗き込んだ。

「うわっ、関所が三カ所もある。その都度関税を払うと経費がかさみますなぁ」

「イタリカで変な経費を支払わされるよりマシよ」

「問題はこれらの経費を価格に転嫁《てんか》せざるを得なくなることです」

「帝都では、価格で競うことは難しくなるわね。扱う品目を他の商人が扱わない品物に絞りましょう」

「それでも苦戦は免《まぬが》れませんぞ」とベルライン。

「多くの部門で赤字転落が予想されます……」とリュドー。

組合は遠国の珍しい商品を帝都に運び、その利益で購《あがな》った帝都の品物を遠国に運ぶという方式の商売をしている。

しかし今回はその仕組みのバランスが大きく崩れることとなった。ビジネスモデルそのものの転換を図《はか》る必要があるかも知れない。

伊丹が右手を挙げて言った。

「大理石の問題も残ってるぞ」

「そうですな。石は組合の隊商を派遣して購っているわけではありませんからな」

大理石を運ぶ隊商の足が途切れてしまったのは、石材を扱う行商人達がフォルマル伯爵領に入れなくなったからだ。

フォルマル領に入れば各種の賦課金で経費がかさみ、その分石の値段が上がる。

そうなると買い取りを拒否される可能性も出てくるため、ほとんどの行商人がフォルマル領の手前で進むことを躊躇《ちゅうちょ》してしまっているのだ。

その時、レレイが言った。

「石の値上げを受け容れる」

リュドーやベルラインは信じられないとばかりに反論する。

「予算を大幅に超すことになりますぞ」

「そうです。余計な資金はありませんぞ」

皆の言葉に、レレイは分かっていると頷いた。

「留保資金がある」

「しかし、今後のことを考えますと、その留保分は運転資金に回す必要があるかと……」

組合の金庫には金貨や銀貨が潤沢《じゅんたく》に蓄《たくわ》えられているが、そのほとんどは用途が決まっている。例えば品物の仕入れ、組合で雇っている商人や下働き、事務員や、警備の傭兵らの給料などだ。

銀行がまだ存在していないこの世界では、商人一人一人がこれを一定量確保しておかねばならず、自由に手をつけることができないのだ。

それに対して、留保資金とはいざという時のための蓄えである。

組合はこれまで何度かこれを吐き出してきた。閉門騒動の後の街の再建。ニホンとの交易が止まった後の商売戦略の転換時、そしてその後の事業拡大のため。

今行われている『門』再建資金もここからの捻出《ねんしゅつ》だ。だが『門』という特殊な装置に掛かる費用は莫大で、組合がこれまで貯め込んできた資金の半分は既にこれで消えている。レレイの提案はその残りの半分にも手をつけるというものだ。

これには、リュドーやベルラインばかりでなく、組合の部門長達も反対に回った。

「いっそのこと、『門』の建設を一時的に中止してはどうでしょうか？」

「そうです。そうすれば余計な出費を避けることができる。『門』再建は経営を立て直して、商売が再び軌道《きどう》に乗ってから始めればいいんです！」

ベルラインとリュドーはそう言ってレレイに翻意《ほんい》を促した。

だがレレイは頭を振る。

「待っていて石の値段が下がるのならそうする。だけどその見込みはない。そしてその間に蓄えはどんどん乏《とぼ》しくなっていく」

「大丈夫です。経営の立て直しはきっと上手くいきますよ」

「イタリカだって、商人にそっぽを向かれたら立ち行かなくなるんです。いずれ向こうから音《ね》を上げてきますよ」

「その保証はない。まだ余裕がある間に『門』を再建して、ニホンからの品物の仕入れを可能にしたい」

「それは賭《か》けになりますぞ」

リュドーの警告にレレイは承知とばかりに頷いた。

「どうしてそこまで『門』の再建に拘《こだわ》るのですか？」

問われたレレイはちらっと伊丹を見た。

だがレレイは自分の内側にある思いを表そうとはしなかった。代わりに口にしたのは、損得勘定《そんとくかんじょう》に判断の基準を置く商人達を説得するのに最も効果的な言葉であった。

「『門』を開くことで得られる利益は莫大」

組合の傘下《さんか》に入ってきた商人達の動機は単純だ。ここにいると儲《もう》けられるからの一語に尽きる。

誰もが欲しがる商品を抱えて、市場に行く。するとそれを欲しいという人間が群がってきて奪い合うように買っていく。しかも、皆がこちら側の言い値を払うのだ。

そんな血の滾《たぎ》るような快楽を一回でも味わってしまったら、もう忘れることなどできない。彼らが独立商人から組合の雇われとなったのも、あの商売をもう一度と思うからに他ならないのである。

しかしその商人達が今や、守りに入ろうとしている。そんな連中を攻めに転じさせるならこの言葉しかない。そして、実際にその言葉の説得力は絶大であった。

「……そうですな」とリュドー。

「金庫が一時空っぽになっても進むべき価値はあるか」

ベルラインもレレイの決断を受け容れたのか、部門長達を振り返って言った。

「ですが支配人、留保分を使えないとなると、運転資金に不安が……」

帝都方面の商売を統括《とうかつ》するベルラインは彼らの不安を解消する方法を提示した。

「帝国内の店舗をいくつか畳んで販路の整理をする。今は資金が溶けていくことを防ぐことが先決だからな」

「規模縮小か……」

「やむを得まい」

これまで右肩上がりの拡大を続けてきた組合だったが、その勢いが今回初めて止まった。それをこのまま経営状況の悪化へと到らせないために、皆が知恵を絞り始めたのである。


ドムは、作業場で下書きの描かれた大理石に、呪紋の溝を彫り込む作業をしていた。

鏨《たがね》を石に当ててハンマーで打っていくのは見た目以上に難しい。力を込め過ぎれば想定以上に石が抉《えぐ》れて全てが台無しになってしまうし、弱い力で小刻みに打っていけば、作業に時間がかかってしょうがないからだ。

今回は工期を百日と計算しているからスケジュール的には余裕がある。だが、実際に工事が始まると、天候や様々な要因によって遅れてしまうのが普通だ。

実際この工事も周到な計画の下で始められたのに、誰も予想しなかった不都合によって遅れが出始めている。

「で、石の入荷は目処《めど》が付いたのか？」

ドムは、麓の街まで様子を見に行かせた見習いのツムに尋ねた。

「ええ。大丈夫みたいですよ。石の入荷は間もなく再開されるそうです」

するとドムの傍らで暇を持て余していたホッファが言った。

「へぇ、よくぞまあ石を運ぶ行商人がいるなぁ。イタリカが聞いたとおりの調子じゃ、金が掛かってしょうがないだろうに」

「いやいやどんな行商人だって石を運びますよ、ホッファの親方。だって『高貴な白の岩二オトルにあの施主さん、一シンク出すって言ったそうですから」

『オトル』というのは石の重さを表す特地の単位だ。日本の原油取引にバレルという単位が使われているのと似たようなものである。一オトルもある岩の塊《かたまり》であれば、一辺五十センチメートルの立方体ブロックを十六個切り出すことができる。

「なんだって！　大理石二オトルに一シンク⁉」

この値段にはドムも驚いた。シンク金貨一枚はデナリ銀貨で二十～三十枚分に相当する。これまでレレイは、岩二オトルにデナリ銀貨五枚を払っていたが、それを一気に四～六倍まで引き上げたのだ。

「すげぇ値段の付け方だな」

集まってきた職工達は口々に言った。

「あのルルドの娘っ子、よっぽど『門』を造るのに執念《しゅうねん》を燃やしているってことか」

「『門』を開くことで得られる利益がそれだけあるってことさ」

　すると目の色を変えたアイヒバウムがドムにすり寄る。

「だったらよドム、俺達の工賃ももうちっと上げてもらうことも……」

　それを聞いたドムは、突然いきり立つとアイヒバウムめがけてハンマーを投げつけた。

「馬鹿野郎！」

「痛《い》ってえじゃねぇか！」

　アイヒバウムはハンマーを頭部に喰らってひっくり返った。

　投げる方も投げる方だが、ハンマーをぶつけられて痛いで済んでしまう方も凄い。ドワーフという種族は余程丈夫なようである。

「いいか、アイヒ！　一旦契約を交わした以上、後からごちゃごちゃ言わない。それが正常な大人ってもんだ。契約を結んだ後に、ごちゃごちゃぬかす奴はクズだぞ！」

「わ、分かったよ」

　ドムに叱られたアイヒは自分の作業場に戻っていった。

　その背中を見送ったドムの目に、焼いた餅栗を輪になって食べている職工達の姿が入る。いつの間にかホッファまでもそれに混ざって餅栗を食べていた。

「ホッファ！　喰ってないでできることをしろ！」

「いや、だってドム。こいつが意外と美味《うま》くて……それに今できることって何だよ⁉」

「畳石《たたみいし》を敷き詰める作業があるだろが⁉」

「畳石か？　あれは石が全部でき上がってからって工程表《こうていひょう》に……」

「多少手順を入れ替えたって、あの施主さんなら文句言わねぇよ！」

ドムは現在暇なホッファ達のために、独自の判断で作業手順を変えた。

基礎工事は既に自衛隊の施設科部隊の手で済んでおり、割石が詰められている。そこに石を敷き詰める作業ならいつ取りかかっても良いのだ。

「分かったよ。それなら」

ホッファ達は早速畳石を敷く工事に取りかかったのである。

09

伊丹は、狭間陸将と江田島に対し、『門』建設の進捗《しんちょく》状況、そしてイタリカで起きた政変について報告した。

「そうか……それで建設作業が滞《とどこお》る心配はないのだな？」

「はい、大丈夫です。レレイは組合の運転資金を削ってでも『門』再建を成し遂げようとしています」

「彼女の熱意には感謝するしかないな」

「ならば、報いてやって下さい」

「報いる……か。そうだな。だが我々がどうこうするより君が彼女に感謝の言葉を述べる方が、彼女も喜ぶのではないかね？　とはいえこちらも考えておく。とりあえず労働力、機械力が必要ならばいくらでも協力すると彼女に伝えてくれたまえ」

「分かりました」

「しかしイタリカは気になるな。どう思うかね、江田島君。これまでの妨害工作との関連性は？」

「イタリカの政変が何者かによる陰謀だとすると、石油精製施設の破壊工作と別組織ないし別の人間によるものでしょう」

「どうしてそう言える？」

「石油精製施設の破壊工作からは、我々に対する明確な警告という気配があります。それに対してこの政変は誰を、何をターゲットにしたものか分かりかねます」

「そうだな。時期が時期だけに我々を狙い撃ちしたものだと思いたくなってしまうが、実際に不利益を被《こうむ》っているのはアルヌス協同生活組合だけではない。イタリカの民はもとより、そこを通過する全ての商人も同様の立場に陥っている」

「はい。今回はお家騒動のとばっちりとも見られます。これがもし我々を狙ったものだとすると、ゾルザルよりも遙かに老獪《ろうかい》で強《したた》かな敵が現れたことになります」

「こちらからは反撃できないし、それでいて我々にはしっかりとダメージが効いているからな」

伊丹は江田島に質問した。

「敵がそんな相手だと仮定して、どう対処したら良いですか？」

「外国でのことですからねぇ。我々の立場では対抗措置の取りようがないんです」

フォルマル家は帝国の貴族であり自治領である。日本や自衛隊の立場では、フォルマル家の内部事情に口を差し挟む権利はないのだ。

「伊丹君、フォルマル家の件は放置しておきたまえ。我々にできることは状況に対して一つ一つ対応していくことだけだ。現段階での問題は、石の購入コストが上がっただけなのだろう？　もし、隊商が迂回路《うかいろ》を使うのに治安が問題になるというのなら、こちらから部隊を出して護衛させよう。道路が問題なら施設科を出して道普請《みちぶしん》だ」

「姑息療法《こそくりょうほう》しか手がないということですね？」

「そうだ」

「分かりました。けど問題はガラスです。レレイの姉のアルペジオさんが材料を持ってきてくれるはずだったんですが、あの人どうやらイタリカで拘束《こうそく》されてしまっているみたいで……」

「拘束？　救出が必要な状況かね？」

「いえ、ローバッハはあくまでも法に則《のっと》って彼女を拘束したようなので、裁判なしで処刑されるという事態はなさそうです」

「罪状は？」

「フォルマル家所有の設備を使用しておきながら、その代価を払わない罪だそうです。一応窃盗《せっとう》という扱いになるそうです」

江田島は驚いたように言った。

「利益窃盗ですか？　我が国では不可罰《ふかばつ》なんですがねぇ、帝国ではどうやらその限りではないようですねぇ」

「聞くところによると、大抵の商人は代金分の荷を没収されるだけで起訴《きそ》を免《まぬが》れてるみたいなんですが、彼女の場合は荷物が砂でしたから」

「全部取り上げても要求金額に満たなかったということか」

「はい。今は、保釈《ほしゃく》してもらえるかリュドーさんが確認に動いてくれています。ただ刑事罰の手続きに入ってしまっていて、保釈されてもイタリカからは出られないだろうと……」

「なるほど。どうにもならないわけですね」

狭間は眉間の皺を揉《も》んだ。

「問題はガラスだな。原料の砂は、レレイさんのお姉さんでなければ用意できないのか？」

「その手の技術を研究していたのが彼女だけだったみたいなんで」

「それでは、『門』が完成しないではないか！」

狭間がどうしてそれを早く言わないのかとばかりに机を叩いた。だが江田島が取りなすように言った。

「あ、いや、大丈夫です、陸将」

「何故かね、江田島君？」

「既に技術者は確保できてるからです。砂が手に入らないなら、我々が所有しているガラスを提供すれば済むじゃありませんか？」

「我々のガラスだと？」

「はい。幸い使ってない建物もあることですし、必要な分を窓から外せば良いんです」

「おお、そうか。その手があったか」

「はい。レレイもそう言ってました。なのでアルフェさんを強引《ごういん》な方法で救出する必要もないとかで、だからこそこの件ではレレイも慌ててないんです」

「分かった。ならば江田島君は必要なガラスの枚数を彼女に確認してくれ」

「了解しました」

「伊丹君。君はレレイさんの身辺の警戒を今よりも意識しておくように」

「レレイをですか？」

「念のためだ。この事態が我々に対する妨害活動だと考えるには材料が揃ってなさ過ぎる。だから表立って動くわけにはいかん。だがもしこれが我々を狙ったものなら、いずれ彼女がターゲットにということも起こりうる。彼女は以前も一度狙われているからな」

「了解しました」

「江田島君もなんとか敵対者の手懸《てが》かりを得てくれ。二人とも、頼んだぞ」

「了解！」

伊丹と江田島、それぞれ姿勢を正すと狭間に敬礼した。

ている。

＊　　＊

さて、帝国の行政組織の話になるのだが、帝都の治安維持は皇帝の近衛兵《このえへい》がこれを担っている。

だが近衛とは軍隊であり、警備と防衛がその主任務だ。訓練内容も儀仗《ぎじょう》や戦闘が主であり、殺人や強盗などの刑事事件の捜査といった項目はそこには入っていない。

そのため帝都には犯罪者の摘発《てきはつ》、訴追《そつい》を扱う捜査機関が別に設けられていた。それが衛士隊である。

ブザム・フレ・カレッサーは平民出身者であるが、犯罪捜査に功績があって三十代の若さで警部にまで昇進、併せて爵位が与えられて貴族として遇《ぐう》されている。

だが彼の評判は、彼をよく知る者……例えば同僚や部下からは芳《かんば》しくない。他人の功績を奪ったり、犯罪者の摘発に強引でいかがわしい方法を用いるからだ。

おとり捜査や、取り調べで拷問《ごうもん》を行うのは当然、無実の者の懐に禁制薬物を忍ばせ、それを理由に逮捕するなんてことも頻繁に行う。悪所の犯罪組織とも裏で繋がりを持ち、そこから得た賄賂《わいろ》を上司に付け届けして出世してきたなどという噂もある。

要するに、出世のためなら手段を選ばない男なのだ。

しかし警部にまで昇ると、ブザムの出世もそこで勢いがなくなった。帝国は平民がのし上がっていくことを認めるゆるやかな階級社会だが、そこから先に進むには実力以上にコネが必要だった。これまでのやり方が全く通用しないのだ。だからこそブザムはヴェスパーの誘いに飛びついた。レディに従うことで、閉ざされた道をこじ開けようとしたのである。

レディの指令を受けたブザムは、まず帝都の悪所に向かった。以前から繋がりのあるならず者の組織に人手を借りるためである。

そしてケルンへ向かい一仕事済ませると、今度は二人の部下を連れてニホン・アルヌス州との国境へと向かった。

「えっと何々？　この人の名前はボルスか。よし、僕の名前は今日からボルス・コ・クレーム。ボルス、ボルス……」

ブザムは、遺体の懐を漁《あさ》って財布や持ち物を奪うと、血のついた査証《さしょう》を取り出してそれに記された名を読み上げた。

帝国人がアルヌスを訪れるには、各種の書類が必要となる。だがまさか本名で書類を揃えるわけにもいかない。そこでブザムは、旅の途中で似たような年格好の行商人夫婦を殺し、荷物と書類を奪うことにしたのだ。

「その妻がアイナか……おいボニー！　君は今日からアイナ・ルナ・クレームだよ」

「あいよ。大将の女房だなんて嬉しいねぇ」

「もちろん芝居だよ」

「芝居でもさ」

ボニーは、荷馬車に乗ると手綱を取った。

ブザムもその隣に座る。ボニーの弟クリールは後ろの荷台に乗った。

ボニーとクリールは、十七歳、十四歳のヒト種姉弟だ。父親がろくでもない犯罪者で、二人に泥棒をさせて生活していた。おかげで二人とも商家の金蔵《かねぐら》を破るプロとなった。

ブザムが父親をとっ捕まえて縛り首にすると何故か感謝され、懐かれ、今では手下として使っている。

アルヌスに到着したブザムは、まず街の発展具合に目を見張った。

「評判は聞いていたけど、ここまでとは……凄いね」

各地の商品を載せた荷車が列を成している。その車列の量に圧倒されるのだ。

ブザムは職業的な習慣から、まず街の治安がどのように維持されているかに目を向ける。その次に、悪所に相当するいかがわしい街区がどこにあるかを確認する。

「あれが巡邏《じゅんら》だって？」

彼の目に入ったのは様々な種族の傭兵達だ。犬種、キャットピープル、ヒト種……帝都では治安を乱す側にいそうな風体の連中が車列の交通を整理し、あるいは街の各所を鋭く見張っていたのである。

「よくぞ統率《とうそつ》できるものだね」

ブザムは感銘の声を上げた。

人種、種族の違いというのは姿形だけでなく、価値観や思考形式の違いでもある。それこそが善悪の基準の違いを生み、他種とのトラブルを発生させる。

それらを行儀《ぎょうぎ》良くさせるには、悪所のならず者を束《たば》ねるボスがごとく、恐怖と力で縛るしかないのである。

「おい、そこの商人！」

その時、巡邏らしき犬種の一人がブザムに声を掛けてきた。

ブザムは気の弱い行商人を演じて応対した。

「な、なんでしょうか？」

「石を運んできた行商人だな？　行き先は二番地だぞ！」

「え？　に、にばんち？」

ブザムは周囲を見渡すフリをして背後の積み荷を確認した。

大きな大理石の塊が二個、幌に包まれるようにして置かれている。こんなものを自分は運んできたのかと、今更ながらブザムは呻《うめ》いた。

「二番地を知らないのか？」

「え、あ、はい。実はこの街は初めてでして」

「そうか……」

犬種の傭兵は懐から紙の束を取り出し、その一枚をブザムに突きつけた。

「これは？」

「街の地図だ……お前達は今ここにいる。二番地の……ここ、この組合倉庫で石の買い取りをしてるから、そこに運ぶと良いぞ」

「あ、ありがとうございます」

ブザムは感激したフリをして財布から銅貨を取り出した。下賤《げせん》な犬種には明らかに多過ぎる額だが、帝都では巡邏の世話になったらこのくらいの謝礼を渡すのが相場だ。

だがその犬種の男は、ブザムが銅貨を見せると、恐怖に歪《ゆが》んだ表情となって尻尾を巻いた。

「いや、いい。俺は受け取らない」

「そんな、ご遠慮なさらず。気持ちですので」

「いやだ。気持ちならなおさら頼む、渡さないでくれ！　喰ってくのに必要な分の給料はもらっているし、賄賂だと疑われたら俺は……俺はまだ死にたくないんだ！」

犬種の巡邏は、そんな叫び声を上げながら逃げるように走り去ってしまった。

ブザムはぽかんと口を開けていた。

ボニーも、驚いている様子だ。

「なんだい、あれ？」

「きっと、上にいる奴がよっぽど恐れられているってことだな」

ブザムは思った。賄賂を受け取らない巡邏がいる街。ここでの仕事はやっかいそうだ、と。

無事に二番地に石を届けたブザムは、二個の石を納めた代金として渡された金貨に目を剥《む》いた。

まさかシンク金貨が二枚とは思いもしなかった。聞けば、フォルマル伯爵領を通過する際の経費高騰に応える形で石の値段が上がったという。

もちろん一攫千金《いっかくせんきん》を狙う行商人達は素直にフォルマル伯爵領を通ったりしない。迂回して石を運び、ボロ儲けを試みているのだ。

ブザムが手に掛けたボルスという男も、そのために治安の悪い道を選んでしまい、そして命を落としたのである。

「ボニー。この街をどう思う？」

「何もかもが不自然だね」

「不自然か？」

「うん。ならず者がいない。路上生活者も浮浪児《ふろうじ》もいないし」

ボニーは手綱を操作しながらあたりを見渡した。

これだけ発展している街なら、その上前をはねて生活しようとするやくざ者や、住処《すみか》のない浮浪者達が集まってきてもおかしくない。春を販《ひさ》ぐ娼婦も然《しか》りだ。

だがこの街にはその手の人間がいる気配が全くなかった。

「まいったな。こっちで手下に使えそうな人間を見繕おうと思ってたんだけど」

悪所からひっぱって来るべきだったかとブザムは呟いた。

「大丈夫だよ大将。あたいらがその分働くからさ。まずは宿屋を探そうよ」

ボニーが馬車を入れたのは、開業してまだ日の浅そうな清潔感のある書海亭だった。

ブザムは二人に仕事を言いつけると、旅塵《りょじん》にまみれた衣服を取り替えて外に出た。

彼が向かったのはオープンカフェスタイルの喫茶店である。そこでは外来の行商人や街の住民が、香茶を楽しんだり、商談をしていた。

「なんだろこれ？」

ブザムは店員を呼び止めると、店の片隅に置かれている紙の束について尋ねた。

「それはシンブンという、街やあちこちでの出来事や噂話を集めて書き記した紙ですよ。一部、二モナーです」

見れば店内の行商人達はみんなこのシンブンとやらを睨んでいた。ならばここは、自分も行商人らしく銅貨を店員に渡してその一部を取り、空いている席に座った。

「なるほど、イタリカの政変で、帝都での穀物の値が上がるか」

ブザムは、シンブンを読みながら煎豆茶《せんとうちゃ》を注文した。

煎豆茶は、豆を黒くなるまで煎《い》って、粉々に叩き潰し、湯につけ込んだ後にそのエキスを抽出《ちゅうしゅつ》したものだ。最近南方の国から帝都に入って来た茶であり、芳《かぐわ》しい香りが好みのブザムはこれを愛飲していた。

「煎豆茶がお好きですか？」

隣のテーブルの男が声を掛けてきた。ブザムは行商人らしく愛想良く応じる。

「そうなんですよ。帝都で飲んでやみつきになっちゃって」

「ならばここアルヌスで、沢山仕入れて行かれると良いですよ。なんといってもアルヌスは豆の輸入元だ。安く手に入ります」

押しつけがましいその言葉に、ブザムは首を傾げた。

「失礼ですが、貴方は？」

「これは申し遅れました。私は、ベル商会のミタルと申します。東の彼方《かなた》の平原の国から二十日ほど時をかけてやって参りました」

その言葉を聞いた途端ブザムは居住《いず》まいを正した。

「僕は、西の谷間の国からです」

「何日ほど掛かりました？」

「十日です」

「おやおや、それではお財布の中身がなくなりそうですな」

「大丈夫です。僕の財布は特別製なので……」

ブザムが答え終える。それで試験は終わりなのか、ミタルはブザムの正面の席に移った。

「よくぞ、おいでになりましたね。ブザム様……大変じゃなかったですか？」

その男はブザムの名を知っていた。つまりこのミタルは、ヴェスパーの命令でアルヌスに潜入している帝国枢密院書記局の密偵《みってい》ということになる。

「潜入自体は簡単だったよ。だけど君達枢密院の方こそ、この街で苦労してるんじゃないのかい？　治安の良い街では身を隠すのも一苦労だ」

「そうでもありませんよ。そもそも我々の仕事は情報の収集です。ここでは正業を営んでいる限り怪しまれることはありませんし、人伝《ひとづ》てで大抵のことは耳に入ってくる」

「そうなのかい？」

「そうですとも。多くの方が誤解してますが、我々枢密院の仕事は人や物の動きを観察して、噂話に耳を傾けるだけで済むんです。どこぞの乱暴な密偵のように誰かの家に忍び込んで、隠されている手紙や文書を盗み見るなんてことは、よっぽどのことが無い限りしません」

「そうなんだ」

「大事なのはそうした情報の向こうに敵の動きを見るセンスです。例えば、貴方の手にあるシンブン。それを読めば丘の上での動きも分かりますよ」

ブザムは自分が買った新聞を改めて見た。

それには自衛隊で建設していた建物が爆発事故を起こしたことや、『門』の再建が始まったことが記されている。

「レディ様は、こんな紙に書かれている以上の情報をお求めなんだ」

「存じております。ブザム様のお泊まりはどちらで？」

「書海亭だ。ボルス・コ・クレームの名で逗留《とうりゅう》してるよ」

「ああ、あの宿ですか。あの宿は新しいし従業員の躾《しつけ》も行き届いていると評判ですね。分かりました、後ほど詳しい報告をお部屋にお届けします」

「助かるよ。あと、ここで手駒《てごま》に使えそうな人間を探してるんだけど……」

「手駒ですか？」

「そうなんだ。できるだけ目標の中枢《ちゅうすう》にいる人間がいいんだけど誰かいないかな？」

「いなくはないのですが、その人間は非常に貴重なため、できれば寝かしておきたいのです」

寝かすというのは、周囲から怪しまれるような積極的な行動をさせたくないという意味だ。

「何しろ、レレイ・ラ・レレーナの助手をしている娘ですからね。それに向こうからすれば、弱みを握られているから不承不承《ふしょうぶしょう》従っているだけですしね」

「なるほど、素直に従う相手ではないということか。だったらその娘に、こっちの仕事に使えそうな奴を教えるように頼んでくれ。こっちからそいつに接触してみるからさ」

「どんな人間が良いでしょう」

「中枢にいる人間に恨みを抱いていたり、好悪《こうお》の感情の強い人間がいいな」

「分かりました。一人心当たりがあります。なんとかするようにいたしましょう」

ブザムは「頼んだよ」と告げてハルマ亭を出たのだった。


ブザムは、次に組合事務所を外から見て、その後、職工達の宿舎へと向かった。

組合の宿泊施設は、ドムやホッファといった役付《やくづき》の者やメソン達が泊まっている。

ブザムがその宿泊施設を訪ねると、丁度職工達が帰ってきたところであった。

みんな石や泥で汚れた手足を洗いながら「飯はどうする?」などと言って、この後の過ごし方を話している。

その中には、石の入荷が安定しないことにぶちぶちと文句を言っている者もいた。

「ま、俺達としちゃ、忙しかろうと暇だろうと、給金をもらえるなら文句はねぇがな。

それに対してあんたらは大変だよな。いっつも忙しくて。俺達が羨ましいだろう?」

そんな物言いに腹が立ったのか、ドムは鼻息も荒く忌々《いまいま》しそうに答えた。

「俺達は別に給金のためだけに仕事しているわけじゃねえんだよ」

「へぇ、じゃあ何のためだ?」

「誇《ほこ》りさ。メソンとしての誇りのためだ」

ブザムはそんな発言をするドムがこの職工集団の長だと目星を付けた。そしてドワーフや厳《いか》つい体格の男達の間を抜けて前へと進んだ。

ドワーフ達が、不躾《ぶしつけ》に自分達の群れの中に入ってきたヒト種に訝《いぶか》しげな視線を向ける。

「なんだお前は？」

ドムは突然目の前にやってきた男に問いかけた。

「君達だろ？　帝国のケルンから来ているというドワーフは」

「なんでぇ、お前は誰だ？」

「この中にドムとかいう棟梁はいるかい？」

ドムは名乗りもしないヒト種を訝しがった。

「なんだお前は？　もしかして仕事の依頼か？　悪いが仕事が立て込んでてな、新しい仕事を引き受けられるのはずっと先になるぜ」

「いや、実は仕事の依頼じゃないんだ。ケルンのことで、君達に伝えておきたいことがあってね」

「ケルンについてだと？」

「そう。まずはこれを見てくれ。分かるかな？」

ブザムはドムにつげの櫛《くし》を差し出す。

「こ、これはサンドラの⁉」

それはドムが、妻のために手ずから作ってやったものであった。

「そうだ、あんたの奥さんのさ。それが僕の手にある理由をこれから説明するからちゃんと聞いて欲しいな。そうすればまた彼女に会うことができる、かも知れないよ……」

ブザムは、そう言って嫌らしく嗤《わら》ったのだった。

＊　　＊

翌日。伊丹は、課業開始のラッパを聞いてから作業場に向かった。

江田島と会い、今後の方針について打ち合わせをしていたため、その分遅れたのだ。

狭間からレレイの身辺に気をつけろと言われた以上、対応しなければならない。だが一人ではどうにもならない。

そのため、もう少しこの仕事に人数を用意できないかと求めたのだ。

しかしながら江田島の反応は否定的であった。レレイ個人の身辺警護に伊丹以外の自衛官がついたら目立ってしまうと言うのだ。

確かにその通りである。特殊作戦群の面々を動員して隠れて警護するという方法もあるが、レレイの活動する範囲は隠蔽《いんぺい》警護には適さない場所ばかりだ。

江田島はレレイと一緒に寝起きしては？　などと言ったが、実際そういうわけにはいかない。そのため伊丹は、身近な者をレレイの警護につけることを考え始めていた。

「ロゥリィか、テュカか……ヤオか」

そんなことを考えながら作業現場にたどり着いたのだが、現場の周囲は静まり返っていた。

「あれ？　石がまだ届いてないのかな」

またしても石の入荷が途絶えたのかと思った。だが前とは明らかに様子が違う。

前回は仕事があろうとなかろうと職工達は出勤していたのに、今日に限っては一人もいないのだ。

「もしかして朝礼か何かかな？」

そう思って作業テントの中を覗き込んでみる。するとドム達もいなかった。

「どうしたんだ？」

伊丹は、下描き作業をしている学徒の中からフォルテを見つけて声を掛けた。だがフォルテも事情が分からないらしい。

「乗合馬車の事故とか……じゃないよね？」

「ええ、わたし達、普通に乗ってきましたから」

「レレイはどこ？」

「老師はガラス工房の様子を見てから来る予定です。試作品ができたとかで……」

「じゃあ、この事態をまだ知らないわけだな？　分かった。俺、ちょっと行ってドム達の様子を見てくるよ」

「あ、お願いします」

伊丹は、またしても自転車を借り出すと丘を下りて麓の街へと向かった。

ドムらの泊まる宿泊施設は、大祭典の時に行ったことがある。

伊丹がブレーキの音を高らかに鳴らしながらその玄関前に滑《すべ》り込むと、ちょうどテュカがドム達を相手に何やら怒鳴っているところであった。

「一体どうしたのよ!?　仕事を始めなさいよ！」

周りを見れば百人余りの職工達が一堂に会している。

みんなテュカがどれだけ声を張り上げても無視していた。それぞれグループを作って、とりとめも無い話をしているのだ。

「今日が休日かなんかだと思ってるの？　ちょっと聞きなさいよ！」

テュカはドムを振り向かせようと、その身体を揺する。だが、テュカの腕力程度では、重たく太い体躯《たいく》のドワーフは小揺るぎもしない。

「いい加減にしないと……」

テュカは精霊魔法の呪文を唱え始めた。

すると魔法の一撃を食らってはたまらないと思ったのか、ドムがようやく口を開いた。

「悪いなエルフの嬢ちゃん。ちょっと事情があってな、俺達、働かないことにしたんだ」

「なんでよ!?」

ドムは鼻を鳴らすと言った。

「この街の発展具合を見たら、俺達がもらってる賃金が安いんじゃないかって思えてきてな」

するとホッファも続けた。

「そ、そうそう。もうちょっと賃金をはずんでくれても良いんじゃないかなって思ったんだ」

すると他の職工達までもが寄ってきて、「そうだ、そうだ」と言い始める。

テュカは驚きのあまり、返す言葉が全く思いつかなかった。

宿泊施設での騒ぎを見届けたブザムはほくそ笑んだ。そしてアルヌスの街の傍らにある小さな店舗に赴く。

そこには『鸚鵡鳩通信局』と記された看板が掲げられていた。

パレスティー侯爵家が事業化した鸚鵡鳩通信のアルヌス支店だ。

どんなに急いでも十日以上かかる帝都までの連絡が、これによって二～五日に短縮できるのだ。

もちろん情報量に限りはあるし、高額であるため、一般に使われるまでには至っていない。しかし商用や急ぎの都合で、お金を出しても時を買いたいと思う者にとっては便利で、急速に普及《ふきゅう》しつつあった。

ブザムは局内に置かれている薄紙に通信内容を書き込んだ。そしてくるくる丸めて簡易の封蝋《ふうろう》を施すと受付嬢に告げる。

「帝都のリーガー男爵家気付のレディ様宛に頼みたい」

「帝都は、一デナリです」

「高いな。鸚鵡鳩が途中で白鷹《しらたか》かなんかに襲われたらどうなるんだ？」

「手紙が届かないことがご心配なら、同じ内容の手紙を複数お送りすることをお勧めします」

「その分だけ余計に金がかかるんだろ？」

「嫌なら他の方法をどうぞ」

「いや。……しょうがないか。払う、払うよ」

ブザムは鼻を鳴らすと銀貨を一枚差し出す。

通信局の受付嬢はブザムから受け取った通信文を小さな筒《つつ》に詰め、それを背後のケージで飼われている鸚鵡鳩の脚に装着すると、大空に放った。

ブザムは帝都に向かって飛んでいく鸚鵡鳩を見送りながら、「これでよし」と呟いたのだった。

10

岩の入荷も再開し、ようやく『門』の再建作業を進められる……と思った矢先の、この同盟罷業《ストライキ》である。しかもその目的が理不尽な賃上げと来れば、テュカもこれを肯《がえ》んずることはできなかった。

「一体どういうことよ、ドム!?」

「どうもこうもない。俺達は工賃を上げてもらいたいだけだ」

「ウチでは他より高い工賃を払っているはずでしょ！」

「他と比べてもしょうがないだろうさ。あんたらが俺達の仕事にどれだけの価値があると見ているかが問題なんだ」

「何よそれ!?」

「あんたらが重要な工事だと思ってるなら、相応の工賃を払って欲しい。こっちだって生活がかかってる。稼げる時に少しでも稼いでおきたいと思うのは、悪いことでも何でもないだろ？」

「ええ、別に悪いことじゃないわ。でもそれは契約を取り交わすまでの話でしょ？　お互いに納得して工賃を定めて契約を取り交わして、それで工事を始めたのよ。なのに工事が始まってからそれを変えろって言い出すのは卑怯《ひきょう》よ！」

「別に卑怯とは思わないね。契約をした時の俺達はここのことがよく分かってなかった。よく分かった今、契約内容は失敗だったと悟った。だから変更してくれって言っている。それの何が悪い？」

「それじゃあ、何のための交渉と契約だったのよ！　あんた達には『約束』って概念がないの？」

「あるさ。だからそれを変更してくれって頼んでる」

「頼んでないでしょ。変更するまで働かないって脅《おど》しているじゃない!?　こっちは一日無為《むい》に過ぎるだけで資金が溶けていくの。あんたがやってるのは、こっちの弱みに付け込んだ脅迫よ！」

テュカとドムの話し合いは既に罵り合いのレベルにまで達していた。

横で見ている伊丹は、これがいつ暴力沙汰《ぼうりょくざた》に発展するかと思ってハラハラしていた。

そこに騒動を知ったレレイがやってきた。後ろには、レレイの弟子達やリュドーら組合の主立った面々も続いている。

『門』の再建がなるか否かは、組合にとっても死活問題だ。リュドーも無関心ではいられないのだろう。

「あ、レレイ！　良いところに来たわ。ねぇ聞いてよ……」

テュカが、レレイを救いの神でもあるかのように迎えた。

レレイは、ドムに尋ねる。

「貴方達の要求は、賃金の引き上げと聞いた……」

「ああ、そうだ」

「了解した。貴方達の賃上げを受け容れる」

レレイはあっさりと言った。

最初から交渉する気がないかのようなレレイの譲歩に、テュカも組合の重役達も驚く。

ドムやホッファら賃上げを求めている職工達ですら驚いたくらいだ。

「レ、レレイ様。いけません、そんな簡単に譲歩しては」

リュドーはレレイの袖を引っ張った。

「今は『門』の再開通を急ぐ。代わりの職工を探している暇はない」

「けど、肝心のお金はどうするんです」

「用意する」

「どうやって⁉」

「蔵書《ぞうしょ》を売る」

「待って下さい先生！　いくら何でもそれはダメです！」

レレイの言葉を聞いた学徒達が騒ぐ。

学徒の義務の一つに、知識の源《みなもと》たる書籍を集めて保存し、これを後代に引き継いでいくというものがある。お金に困って蔵書を切り売りして散逸《さんいつ》させることは恥ずべきことであり、場合によっては折角得た導師号も取り上げられかねない行為なのだ。

当然レレイもそんなことは知っている。それでも躊躇《ためら》いなく売ると言い放ったのだ。

「いくらなら働く？」

レレイに問われたドムは、己より小さいはずのヒト種の娘に気圧《けお》されてしまった。職工で言えば、道具を売り払うと言うのに等しいレレイの発言である。どれほどの覚悟と決意をもって『門』再建に挑んでいるのかが分かってしまったのだ。

「い、いくらと言われても……」

ドムは口籠もった。すると横からホッファが恐る恐るといった感じで数字を口にする。

「そ、そうだな……五デナリでどうかな？　メソンは、その倍ってことで……」

「五デナリですって⁉」

叫ぶテュカ。そのとんでもない金額に、棟梁のドムや、職工達すらも驚いた。

野次馬として建物の周りに集まってきた傭兵達も口々に文句を言い始める。

「俺達の一日の賃金が三ソルダだぞ」

帝国での一兵卒の日給がソルダ銀貨二枚だ。それに対して組合では三ソルダで雇っていた。だからこそ組合で働きたがる傭兵は少なくないのだ。

「一デナリが四ソルダだから……俺達の七倍の賃金を出せって言ってるのかよ⁉」

「はっ、どこまでお偉いさんのつもりなんだろね⁉」

この世界で兵卒の七倍もの賃金を取れるのは、帝国の高級将校か小国軍の司令官くらいである。

ちなみに自衛隊を例に取ると、陸海空の最下級である『二士』の一号俸《ほう》が、月に十五万九千五百円（平成二十六年）。それに対して、最上級『将』の一号俸は月に七十二万。つまりその差は約四・五倍でしかない。

それだけ見ても、傭兵の七倍というドム達の要求がどれほど法外かが理解できる。

傭兵達も組合の従業員達もこれには腹を立てた。最初はなんか面白いことをやってるな、くらいの中立的な眼差しだったのだが、職工達の欲深さを知って彼らに向ける視線が途端に冷たくなったのだ。

だがそれでも、レレイは言った。

「払う」

「えっ……」

驚くドム配下の職人達。

ホッファに到っては顔を青ざめさせた。まさか、レレイが一日五デナリなんていう法外な工賃を認めるはずがない、とでも思っていたかのような顔つきである。

「払う」

レレイの二度目の言葉に、職工達はあたかも皆殺しにすると脅迫《きょうはく》されたかのようにたじろいだ。額から汗を流し、ぱくぱくと口を開け閉めするホッファ。そんな沈黙の果てになんとか声を発した。

「そ、それなら十デナリはもらわないと」

「払う」

ホッファは金額をさらに釣り上げ、レレイは即座にそれを受け容れた。

「十デナリをか!?」

レレイは力強く頷く。

「い、いや……いくらなんでもそれは」

職工の間からですら、そんな言葉が聞こえた。払え払えといきり立って騒いでいたくせに、いざ払うと言われたら黙り込んでしまったのだ。

リュドーは再度レレイに言った。

「待って下さいレレイ様！　職工一人に十デナリなんていくらなんでも法外です。悪《あ》しき先例となってしまう。ダメです。それだけは止めて下さい」

「でも、ここで『門』再建をやめたら全てが無駄になってしまう」

その時だった。ドムが絞るように怒鳴るように、悲鳴でも上げるかのように言い放った。

「だ、ダメだ。そんなんじゃ足りねえ！　足りねぇんだよ！」

「なら、いくら欲しい？」

レレイが問う。

ドムはもはや泣きそうな顔でレレイに問いかけた。

「あんた……どうしてそんな額を払うなんて言えるんだ!? 『門』なんてもんなくったって、誰も死にゃしないんだろう!? なのに何だってそんなことが……くっ」

するとレレイは抑揚のないいつもの口調で答えた。

『門』は必要……」

「………………」

『門』は必要」

レレイはドムに詰め寄りながら繰り返す。

するとドムも、全身の力を掻き集めるようにして言い放った。

「そうかよ。分かった。なら、こっちだって家族のい……生活がかかってる！ 後には退けねえ。なんとしても給料増額を勝ち取ってやる！」

一連のやり取りを見ていた伊丹は首を傾げた。

レレイとドムの交渉がとても不自然に聞こえたのだ。レレイは職工側の要求を丸呑みしている。なのにドム達はその都度条件を変えていく。まるで彼らの真意が賃金の引き上げにはないかのようなのだ。

そして、そのことを感じているのは伊丹だけではないようであった。見ればロゥリィもテュカも、リュドーもそう思っているらしい。渦中《かちゅう》にいるレレイだけがそれに気付いていない。

当事者として相手と向かい合っていると視野が狭くなるという。もしかするとレレイはそんな状態にあるのかも知れない。

「ちょっと待った！　この交渉、一旦やめ！　いいよな棟梁！」

レレイを引っこ抜くように背後から抱きかかえた伊丹は、ドムらに告げた。

「あ、ああ」

するとドムは、伊丹の提案をすんなりと受け容れた。それどころかこの場から解放されることを喜ぶように、ほっと安堵の表情を浮かべる。

それを見た伊丹は、「やはり」と抱いていた疑念を確信に変えたのだった。

＊　　＊

伊丹はレレイを背後から抱き上げたまま宿舎を出ると、そのまま組合の事務所へと向かった。

ロゥリィやテュカらもついてくる。組合の重役達もだ。

学徒達もそれに続こうとしたが、伊丹は彼らには作業場に戻って作業を続けてくれるよう求めた。

「なんでだよ⁉」

スマンソンは激しく伊丹に絡んでくる。

だが空気を読んでくれたフォルテが「あんたがいたって邪魔にしかならないでしょう！」と叱りつけ、彼の耳を引っ張るようにして乗合馬車の停車場へと向かっていった。

組合事務所に到着して下ろされると、レレイは迷惑そうに伊丹に問いかけた。邪魔するなとでも言いたげな目である。

「なに？」

「これから彼らに、仕事をしてくれるよう交渉しないといけない」

「それは分かってる。俺にとっても他人事じゃないからな。けどさ、今のレレイとドムさん達とのやり取りを見ていて、こりゃダメだって思ったんだよ。話が全然噛み合ってない……」

「何故？」

伊丹は、振り返ると組合の関係者一同に問いかけた。

「ドムさん達が本気で賃金の値上げを求めてるって思った人？」

手を挙げる者は一人もいなかった。

続けて伊丹は問いかける。

「じゃあ、何か別の理由が隠されているって思う人？」

すると全員が手を挙げた。

机の上に腰掛けたロウリィは、右手を軽く挙げた姿勢のまま言った。

「絶対に何か別の理由があるわよぉ。けどぉ、それを口にできないからぁ、誤魔化すために給料のことを言っているだけねぇ」

テュカもその意見に頷いた。

「そうね。工賃の増額とか言ってたけど、最後には金額すら言わなくなっちゃったものね」

リュドーがまとめた。

「彼らは自分達が理不尽な要求をしていることは分かっているのです。つまり賃上げの要求は、罷業《ひぎょう》している理由を我々に探らせないための口実です」

「その何かとは何だと思いますか、リュドーさん?」

「さすがにそれは分かりかねます。しかし、それが解決すれば彼らもきっと相場の賃金で働いてくれると感じます」

「逆に言えばぁ、それが解決しない限りぃ、いくらこちらが譲歩しても向こうは絶対に働いてくれないってことぉ。分かるわねぇ、レレイ?」

レレイはようやく合点がいったのか小さく頷いた。

力なく撓垂《しなだ》れる肩に、何でそのことに気付けなかったのだろうという気落ちが感じられた。

＊　＊

一方、ドムら職工達もレレイ達が去った後、車座《くるまざ》になって話をしていた。

皆一様に表情は暗く、頭を抱えている者もいる。見習いの少年達ですら、大人達の重々しい空気の息苦しさで言葉を発することができない。

「どうしよう、ホッファの親方!?」

「しょうがないじゃないか! 家族のためなんだぞ!」

ホッファは縋《すが》ってくるドワーフの職工の一人を冷たく突き放した。だがドワーフではない他の種族の職工達はそんな言葉では納得しなかった。

「おい、ホッファ⁉ 俺は嫌だぞ！ こんなことしでかしたなんて評判が知れ渡ったら、二度と仕事が来なくなっちまう！」

「そうだよ！ 絶対に信用がなくなっちまうよ」

「俺達はケルン出身じゃない。ドワーフですらない。なのにどうして俺達がお前らに付き合って破滅しなきゃならないんだよ⁉」

ホッファはそんなことを言い出す職工達に拝《おが》むように言った。

「頼む。堪えてくれ、俺の娘の、シレイの命がかかってるんだ！」

「それがどうした？ こっちだって家族を養ってるんだ。仕事ができなくなっちまったら、どうやって暮らしていきゃあいいんだよ⁉」

「そ、それは……」

ホッファもこれには答えられなかった。正直、深く考える余裕がなかったのだ。

するとドムが棟梁として、そしてケルンのドワーフ達を代表して皆に告げた。

「お前達のことは俺がなんとかする。知り合いの親方衆に頼んで喰っていけるようにしてやる」

「はっ、どうだかねぇ」

「こんな騒ぎを起こしておいて、誰があんたの頼みを聞いてくれるって言うんだよ？」

「そうだそうだ！」

様々な種族の職工達が一斉に不安と怒りを口にし始めた。だがドムはそれには負けないほどの大声で怒鳴り返す。

「俺を馬鹿にするなよ！　多少評判が落ちようと、これまでの付き合いが直《す》ぐさま消えてなくなるわけじゃない。余計な心配するんじゃねぇ！」

殴りかからんばかりの物言いを浴びた職工達は、黙ってその場に座っていく。

皆が不満そうにしながらも、とりあえず従ったことに安堵したホッファは、ドムに囁いた。

「なぁ、ドム。やっぱり施主さんに相談したらどうだろう？」

「あの小娘に話してどうなるって言うんだ？」

「あれはただの小娘じゃない！　工事のために俺達に一日十デナリ出しても良いって言う奴だ。俺達の事情が分かれば、ここで雇ってる傭兵達をケルンに送ってシレイを助け出してくれるかも知れないだろ？」

ホッファの言葉にケルンのドワーフ達は表情を明るくした。

「そ、そうか！」

「その手があったな」

ホッファの言葉に希望を見出したかのごとく、皆が口々に賛同する。

「要するに、見張りに気付かれないようにすれば良いんだろ？　分からないように手紙かなんか書いてさ……」

だがドムは頭を振った。

「いや、無理だな」

「なんで⁉」

「奴の言葉を思い出せ。俺達の家族はケルンから掠《さら》われたんだ。『掠われた』んだぞ！　つまり今居るのはケルンじゃないどこか別の場所ってことだ。ここの傭兵連中がケルンに行ったって、空っぽになった村があるだけさ。それどころかそいつらの動きで、俺達が喋ったことがブザムにバレちまう。それで家族が危なくなっちまったらどうするんだ？」

「じゃあどうすればいいんだよ！」

皆の視線を浴びたドムは拳を震わせながら言った。

「俺達にできることは、奴の言ったことを守ってここでじっとしてる。それしかねぇんだよ」

悔しげに言う彼の手の中には、妻に渡したはずの手作りの櫛があった。

11

職工達の同盟罷業《ストライキ》はアルヌス協同生活組合にとっては危機である。

そのため主だった者達はこれにどう対処すべきかについて夜を徹して話し合っていた。

だが結論が出ないまま、気付けばもう朝日が昇っていた。やはり職工達が罷業する理由が分からない限りは交渉のしようもないのだ。

その代わりに提起されたのは、別の職工を呼び寄せて工事を進めさせようというものであった。

しかし、それとて簡単ではない。腕の良い職工となればあちこちから引き合いがあって、頼んだからと言ってすぐに応じてくれるものではないのである。

「このアルヌスに神殿が造られた時、石工達が働いていたろう？　その連中はどうなんだ？」

「もうどの工事も終わって、とっくに街から出て行きました。残った石工達の一部は今回の工事にも携《たずさ》わってるみたいですけどね」

「そうだったか……」

リュドーは、会議室の片隅に居た伊丹に呼びかけた。

「イタミ様、ジエイタイの手で石を加工するのは難しいのですか？」

「うん。届いた岩を丘の上に運んだり、岩を粗《あら》く砕いてだいたいの形に削るくらいのことはできると思うんだ。けどそれ以上のこととなると……難しいと思うな」

記念碑や墓石《ぼせき》などを扱う日本の石材会社は、ダイヤモンドを用いた巨大な電動ノコギリで石材をカットしていく。

そのため、型が取れた段階で既に切断面は綺麗に真っ平らとなっている。後はそれを研磨《けんま》するだけで石の加工は終わるのだ。

それに対してここの石工達は楔で割るため切断面は凸凹《でこぼこ》でざらざらだ。それをヤスリでゴシゴシと削りながら滑《なめ》らかにしていくのである。

これはかなり熟練《じゅくれん》を要する仕事で、簡単に真似できるものではない。

「はあ、ニホンの方でも無理ですか……」

「道具がないからね。何か上手い手があればなぁ」

伊丹も知恵を絞ってみたが、良い答えはすぐに見つかりそうもなかった。

こうなると、ベルラインら地域支配人が口にするのが『門』再建計画の中断である。

「レレイ様、やはり『門』の再建計画は見直すべきなのでは？」

「その意見に賛成です」

リュドーもケイネスもこれに賛成した。

一時はレレイの語る『門』の再建による利益の莫大さに心を奪われたが、彼らもシビアな商売人だ。

それが難しいと見るや、『門』なしで企業経営を軌道に乗せることを考える。

既に彼らの目には、レレイの提唱する『門』再建計画は冒険的な事業としか見えていなかった。

重役達が口々にレレイの説得を試み、レレイが頑《かたく》なに頭を振り続けるという時間が続いた。

やがてレレイの同意を得られないと分かると、次に彼らは組合の経営に同等の権限を持つロゥリィやテュカに迫った。

組合経営は基本的にこの三者の合意で進められている。それぞれ意見が対立した場合は多数決で決定されるため、二人が重役達の側に立ってくれれば『門』再建計画は中止させられるのだ。

「聖下はどうお考えなのですか？」

「わたしぃはレレイと同じよぉ」

次にテュカに皆の視線が集まる。

「あたしもレレイを支持する」

支配人達は一斉に不満そうな顔をした。

「馬鹿な」とベルライン。

「幹事の方々は組合の状況を分かっておられないのでは？」

そんな囁きが部門長達の席からも漏れ聞こえる。

「違うわ。『門』があってこその組合だからよ！」

テュカが反論したが、囁きが小さくなるだけで不満が収まることはなかった。

ベルラインが言う。

「かつての栄光よもう一度……ですか？」

「それがいけないの？」

創業者は目的のために会社を興《おこ》す。だが、従業員が働くのは会社の存続とそれによる自分の生活安定が目的だ。一代で会社を興した創業者と次世代の役員達がお家騒動を起こすことが多いのは、そうした目的意識の齟齬《そご》が原因かも知れない。

このアルヌス協同生活組合でも、今まさにそれが起きようとしていた。

そんな時だった。

事務の犬耳娘が会議室に入って来ると、リュドーの前にメモ用紙を置いた。

「本当か？」

犬耳娘は、メモを読んだリュドーの問いに頷いた。

「困ったことになりました」

リュドーは眉根を寄せると立ち上がって皆に告げた。

「どうしたの？　この上まだ何か起きたの？」

問題に次ぐ問題の発生。テュカはもううんざりだという表情を浮かべた。

「フォルマル家に申し入れていたアルペジオさんの保釈について返事が来たそうです」

「それで保釈金をいくら払えって言ってきたの？」

「一千シンクだそうです」

「一千シンク⁉　そんなに無理よ！」

日本円に換算したら二億円くらいになる金額を聞いて、テュカは立ち上がった。

リュドーも頷きながら言った。

「よしんば保釈されても、裁判が終わるまではイタリカを出ることは禁じられます。街から一歩でも出たら逃亡したものと見なされ、保釈金は没収《ぼっしゅう》、さらに逃亡罪が罪状に加わってしまいます」

それを聞いてレレイは冷たく言い放った。

「ならば保釈してもらう必要はない。姉にはそのまま牢《ろう》にいてもらう」

「あのう、レレイ様？　牢に閉じ込められているお姉さんを放っておくとおっしゃるので？」

「あの姉が、牢に閉じ込められた程度でどうにかなるはずがないから」

「そ、そういう方なのですか？」

支配人達の確かめるような視線に、ロゥリィやテュカは「そうねぇ」と頷いた。

アルペジオは、ロンデルに赴いたレレイに対し、生意気だとかいう理由でいきなり喧《けん》嘩《か》をふっかけて決闘騒ぎを起こすような女傑《じょけつ》だ。

加えて公式の場で閣下の称号付きで呼ばれる博士号を持っているため、刑事事件の犯人として拘禁されても一般の犯罪者とは違う扱いを受ける。

違うと言っても、薄暗いじめじめとした一般囚用の監獄《かんごく》と比べ、日当たりが良くて、ちょっとマシな食事が出て、看守《かんしゅ》から丁重《ていちょう》な扱いを受ける貴人用の監獄……程度の差なのだが、彼女の日ごろ寝起きしている研究室はそれこそ一般囚向けの牢屋みたいな場所だ。

レレイが大したことはないと言い切ってしまうのも、あながち根拠の無いことでもないのである。

「ただし、裁判には代言人《べんごし》をつけて」

リュドーはほっとしたように頷く。ようやく親族らしい配慮《はいりょ》が聞けて安堵したのだ。

「畏まりました。腕利きを手配いたします」

「問題はガラスの材料の砂です。レレイ様の姉様でないと、それが用意できないのでしょう？　その方がおいでになれないなら、『門』はいつまでたっても完成しないことになるのでは？」

「やっぱり『門』の完成は無理ですな」

支配人達はなんとしても『門』の再建を延期させたいようだ。このままでは話が『門』再建の不可能性を述べるだけで終わってしまいかねないので、伊丹が手を挙げて反論した。

「ああ、ガラスの件ならウチから提供することになってるんで安心して下さい」

「それは？」

「砂が無くても既にあるものを使えば良いということです。砂から透明なガラスを造るための技術を教えるのがフロートの族長との約束なんですけど、それは別に『門』ができた後でも良いでしょ。だから安心して『門』の再建を進めて下さい」

「ちょっとお待ち下さい。ならば、そこにある試作品は何を材料に作ったんですか？」

重役達は会議室の傍らに置かれた、ガラス工房から提出されたサンプルに目を向けた。

レレイが要求した通りの、厚さ十センチの分厚いガラスブロックや試作品の杯、壺などである。商売人の彼らは、透明で色がついていない美しいそれらを見て、いくらで売れるだろうかと皮算用《かわざんよう》していたのだ。

伊丹は笑いながら言った。

「ゴミ捨て場です」

「ゴミ？」

「食堂のジョッキとか建物の窓とか、割れたガラスがゴミ捨て場に集めてあったでしょ？　あれを掘り起こして使ってもらったんです」

「あ、なるほど」

その時、レレイが立ち上がった。一晩議論しても結論が出ず、皆の話も主目的から逸《そ》れてきている。これ以上話し合っても意味がないと見たのだ。

「これで会議は終わり」

「まだですよ、レレイさん」

「そうです。我々の意見にも少しは耳を貸して下さい」

「『門』再建は止めない。それが私の意思」

レレイはそう言い放つと会議室の出口に向かった。

「どちらに行かれるので？」

「ドム達に会う」

「会ってどうなさるのですか？」

「働いてもらえるよう交渉する」

「しかし、それは難しいのでは？」

重役達は頷いた。彼らが罷業している理由が実は賃金の引き上げではないのなら、いくら高額の賃金を提示しても無意味というのが皆の見解だ。

「会ってみれば何か分かるかも知れない。彼らが働けない理由、それ以上の利益を提示できたら頷いてくれるかも知れない」

「それはそうですけど。でもそんな資金はもう……」

「お金以外のものを検討する」

そこで伊丹も立ち上がった。

「分かった。レレイはドムの説得を続けてくれ。交渉しているうちに連中が何で働かないのかその理由が分かるかも知れないからな。俺は上と掛け合って何かできないか相談してみる。ヤオ、悪いけどレレイを頼む」

「此の身がか？」

伊丹はヤオに近づき、その笹簿耳に口を寄せた。

「レレイを守ってくれ。一時たりとも離れるな」

「守らなければならない事態が発生すると？」

「あるかも知れない」

「………………承知した」

「そういう聞き分けの良いところが助かるよ」

「何を今更。此の身は御身の言葉に否という言葉を持ち合わせていないのだぞ」

こうしてレレイと伊丹、ロゥリィやテュカ達は会議室を後にしたのである。

後には不満顔で重々しい空気を孕んだ重役達だけが残された。

この後伊丹は、彼らにどうしてもう少し気を配《くば》らなかったのかと悔《く》やむことになるのだが、それはまだ少し先の話である。

＊　＊

『門』再建の成否は特地派遣部隊にとっても死活問題である。

組合の重役達から『門』再建事業の中止という提案がなされたことを重く見た狭間陸将は、全力でこれを支援することで自衛隊の意思を示すことにした。

早速、陸上自衛隊特地方面派遣部隊の施設科部隊が差し向けられ、トラックが数珠《じゅず》つなぎの車列を作ってアルヌスの頂上まで大理石を運んだ。

「組合と我々は持ちつ持たれつです。これからも良い関係でやって行きたいところですな」

狭間の言葉と、機械が示す暴力的な迫力を見たベルライン氏ら重役達は、それを無言の威圧と受け取った。これによって彼らもレレイの説得をしばし控えることにしたのだ。

「おーらい、おーらい」

玉掛けされた岩がクレーンで作業場にどんどん下ろされ、小山を築いていく。

そしてその傍らで、施設科隊員達が削岩機を使って岩を削っていく。けたたましい音と共に砂埃《すなぼこり》を上げつつ、岩は概《おおむ》ね立方体の形に整えられようとしていた。

「いやあ、助かったよ。ウチの施設科ってやっぱ凄いよね」

伊丹は手を休めていたベテラン陸曹に声を掛けた。

「まぁ、道具があるからこれくらいならなんとかなります。けど、自分らが引き受けられるのは、概ねの形を作るところまでですよ」

「やっぱり正立方体にするのは無理？」

「無理ですね」

ベテラン陸曹は作業場の片隅に置かれた石を指差した。

彼らも試しに仕上げまでできるか挑戦はしてみたらしい。だが本業ではない彼らには、手仕事で面を平らにすることはできなかったようだ。

「ほら、大工仕事で板の表面を平らにする時、サンドペーパーを角材か何かに巻き付けて磨くでしょう？　あれって角材の平らな面があるからできるんです。斧と棒状のヤスリで、綺麗な平面を作るのは無理でした。長年そればっかりやってる連中のようにはできませんって」

「つまり平らで、どでかいヤスリがあればできるってこと？」

「まぁ、理屈の上ではそうですね。けどそんなヤスリはないし、あったとしても重くって持ち上げられませんよ」

「だよなぁ」

伊丹は陸曹の言葉に頷くしかなかった。だが、腕を組みながら振り返った伊丹の目に、突然超巨大にして真っ平らなヤスリの存在が飛び込んできた。

いや、誰が見てもヤスリに見えないそれが、伊丹にはヤスリに見えたのである。

「あ、あれ……あれなんかはどう？」

伊丹はそれを指差してベテラン陸曹に尋ねた。

「何がです？」

「あれだよ。あれで石を削ればいいんだ！」

その頃、レレイはヤオと共にドム達の前にいた。

既に金銭面では限界いっぱいの条件を提示してしまったため、レレイはそれ以外に譲歩できることはないかと検討したのだ。

「この条件で、仕事に戻って」

「施主さん。あんた、また来たのか？」

ドムやホッファはうんざりしたようにため息をついた。

「いくら頼まれたってダメなものはダメだぞ」

「けれど、私には貴方達に働いてもらうしかない」

「だから、それは聞けない頼みなんだよ」

「何故？」

「それは言えない。ダメなものはダメだ。それだけなんだ」

すると、レレイは彼らに提供できる利益の説明を始めた。

「こちらとしてもこれ以上の賃上げは難しい。けれど、これから向こう十年間、街の拡大や道路の建設工事を優先的に依頼すると約束する」

「なんだって⁉」

「じゅ、十年だってよ！」

職工達はどよめいた。彼らは仕事が終わる都度、次の仕事があるかと心配することが多い。

それだけに十年間仕事が途切れないという保証は垂涎《すいぜん》なのだ。

「だ、ダメだ。俺達が欲しいのはそういうことじゃないんだよ！」

ドムは悲鳴のように叫ぶ。

「ならば、そちらの条件を言って欲しい」

「ダメだ。頼むからほっといてくれ！」

「それはできない。私は『門』を再建しないといけない」

可能な限り譲歩しようとするレレイの姿勢は、それなりに職工達の心を打っていた。自分達の態度が理不尽であることを自覚しているからだ。そのためやりきれない気持ちばかりが心の中に積み重なっていった。

「あのな、施主さん……俺達は」

「なに？」

ドムは思わず事情を話したくなってしまった。だがホッファの射《い》るような視線に遮《さえぎ》られて口籠もってしまう。

「いや……何でもない」

「分かった。また来る」

レレイは、彼らを動かすに足る条件が提示できていないのだと考えた。そして、まだ何か方法があるのではないかと検討するため、一旦引き下がることにしたのだった。

レレイが立ち去ると、ドワーフ達はみんな押し黙った。

街の住民が彼らに浴びせてくる視線にも、彼らに対する悪感情が含まれるようになった。職工達はそれをひしひしと感じていた。工房街のドワーフ達からは、職工の面汚《つらよご》しとか、ドワーフの風上にも置けないと罵《ののし》られたりもした。

「レレイさんがあれだけ譲歩してるのに」

そんな風当たりの強さに参ったドム達は、食事を取る以外に外に出ることもなくなり、宿泊施設の建物に閉じ籠もりきりになっていた。

そしてそんな雰囲気の中、意を決したようにヒト種や巨人族、つまりケルンに家族のいない職工達四十人ほどが、ドムら責任者の前に進み出た。

「なんだ、お前達は？」

「俺達は、ここを出て行くことにした」

「なんだと？」

「もうあんた達にはついていけないんだ」

「巻き込まれるのはごめんなんだよ！」

ドムの下では働けないと口々に言い出す職工達。

「ちょ、ちょっと待ってくれ」

ホッファは皆を引き留めようとする。だがドムはそんなホッファを止めた。

「行かせてやれよ、ホッファ」

「でも……」

「お前達、目障りだ。さっさとどっかに行っちまえ！」

ドムがそう言い放つと、それまで黙っていた職工達まで次々と立ち上がった。

一人、また一人と数を増やして、最終的には六十人もの職工が出て行ってしまったのだ。

「くそっ、あいつらこっちの気持ちも知らないで」

配下だった職工達を裏切り者と、ホッファは罵った。

「言うなホッファ。奴らだって家族がある」

「けどよお」

「いいじゃねぇか。こうなっちまえば、施主さんにも、いくら金を積まれても働けないって言い訳できるだろ？」

ホッファ達にとっては、それだけが慰《なぐさ》めであった。

ドムとの交渉が徒労《とろう》に終わったレレイがヤオと共に組合事務所に戻ると、建物の前に陸自の三トン半トラックが停まっていた。

「レレイさん。ご注文のガラスをお届けに来ましたよ」

待ち構えていた江田島の言葉を聞いたレレイは、それが何のためのトラックかを理解する。

「これからガラス工房の方に運ぼうと思いますので、一緒に来て下さい。あ、ヤオさんはすみませんが荷台でお願いできますか？」

「分かった」

ヤオが伊丹から託されているのはレレイの警護だ。自衛官達が付いていればレレイが危険な目に遭《あ》うこともなかろうと考えたヤオは素直に従った。

レレイも頷くとトラックに乗り込んだ。運転する自衛官と江田島に挟まれるように腰を下ろす。

「お願いします」

江田島の合図で動き始めるトラック。

アルヌスの街は相変わらず混雑しており、トラックの速度は歩くのとほとんど変わらない。江田島は街を行き交う人々の顔や様子を眺めているように見せかけて、窓ガラスに映っているレレイの様子を窺っていた。

「『門』の再建、難航しているようですね」

「想定外の障害が発生したため」

レレイは前方を見たまま返す。

「大丈夫ですか？」

「なんとかする」

「もし、助けが必要なようでしたら言って下さい」

「貴方に頼むことはなにもない」

「酷《ひど》く嫌われたものですね」

「当然。私達に言うことを聞かせるために、貴方は彼の処分をちらつかせた」

「そのようことをした記憶はないのですが」

「貴方は私に言った。彼はこのままでは免職《めんしょく》にされてしまう。それを防ぐためにも早く動くべきだ。彼の行き過ぎた行動が『門』再建のために必要なことだったと印象付けるには、時間を掛けてはいけない……と」

「なるほどそれを脅迫と解釈されたのですね？　しかしながら彼が処分を受けるような隙を見せたのは、彼自身です。私は何もしてませんよ」

「……」

「もちろん、この好機を国益のために用いようという意識はありますけどね。もう一度質問します。『門』の再建はできそうですか？」

「なんとかしてみせる」

「お一人でですか？」

「……」

「私の見たところ、貴女はどうも問題を一人で抱え込んで、他人に頼ることを厭《いと》うところがありますねえ」

「……」

レレイは無言で江田島を見る。江田島も振り返ってレレイの視線を受け止めた。

「これは失礼。つい気になってしまったものですから。私は以前から、貴女はもう少し素直になったほうがいいと思ってました。例えば後ろに乗っているヤオさんのように。彼女はそれこそ隊員達に助けて欲しいと懇願《こんがん》して歩いたそうじゃないですか」

「でも、誰も助けてくれなかった。情に託《たく》しても他人は動いてくれない。人間は実利を提示してこそ動いてくれる」

「しかし、最終的に伊丹二尉を動かしたのは情です。そうでしょう？」

「彼は極めて希《まれ》な存在。故に貴重」

「なるほど。貴女の感じ方、考え方が見えてきた気がします」

「……」

「あの時のことを言うなら、ヤオさんの懇願はかなり効果があったようですよ。実際多くの自衛官が彼女の懇願に心を動かされてました。だからこそデュラン国王から越境の許可を得た時、スムーズに部隊の派遣が決まったのです。それを考えると誰に対してだろうと、情に訴えるというのは無駄とは思えないのですがねぇ」

「……」

レレイは何も答えない。ただ黙ったまま再び前方に視線を向けたのだった。

江田島とレレイは、大量のガラス板をガラス工房に届けた。

その膨大《ぼうだい》な量にピルスナー達は目を剥いたが、その板ガラスが既に透明なガラスであることに気付くと、話が違うのではないかとレレイに詰め寄った。

「ガラスを透明にする方法を教えてくれると言ったはずだ。約束を守ってもらえないなら帰るぞ」

すると江田島がレレイを制して前に出た。

「すみません。レレイさんのお姉さんがイタリカで拘束されてしまって、身柄が解放されるまで時間がかかりそうなんです。それでまずはこちらのガラスを使って、予定のガラスブロックを作って下さい。後できっと砂の製法についてご教示するようにいたします」

「本当か？」

「もちろんです。なんなら魔法を使わない方法でも良いですよ。ただしその技術は『門』の向こうにあるので、これも後払いになってしまいますけどね……」

「分かった。俺達は石工の奴らとは違うから仕事はする。だからあんた達も約束は果たしてくれよ」

「どうぞお任せ下さい。レレイさんは約束は守る方ですから……そうですよね？」

するとレレイも頷いた。

「よし、サク。仕事を始めるぞ」

レレイの反応に満足したのか、ピルスナー達はガラスの梱包《こんぽう》を解《と》き始めた。

こうしてガラスの引き渡しを終えたレレイと江田島だったが、ガラス工房を出た瞬間、信じられない光景を目にすることとなった。


「ひゃっほーーーーーーーーーーー」

ガラス工房の向かい側には航空自衛隊の滑走路《かっそうろ》が広がっている。フェンス越しに見えるそれを、ファントムではなく高機動車が爆走していたのだ。

「いけいけ、倉田！　いけっ！」

運転しているのは倉田だ。そして荷台には伊丹。

彼らの高機動車が、ロープで石を引き摺《ず》りながら走っているのである。その凄まじい轟音は、ゴーーーーというかガーーーーといった感じだった。

「あ、あれは、一体……」

流石の江田島も驚愕の表情で固まってしまった。

レレイなんかはもう凍り付いていた。彼女の目には、伊丹が一個一シンクもする岩から切り出した貴重な石を、何を考えたかメチャクチャにしようとしている風にしか見えなかったのだ。

「うおおおおおなんてことしやがる！」

「滑走路が傷《いた》むじゃねぇか！」

「あの野郎をぶっ殺せ！」

そんな伊丹達の暴挙《ぼうきょ》に、怒髪天《どはつてん》を衝《つ》いたような形相《ぎょうそう》の空自隊員達が群れを成して追っかけている。高機動車、自転車、さらには飛竜イフリーとエフリーを動員して陸と空から伊丹達を捕獲《ほかく》しようとしていた。

「イフリー、もっと右、もっと右！」

翼を広げたイフリーが、久里浜の指示で高機動車に覆い被さるように距離を詰める。

するとタンデムで後ろに乗る神子田が鞍《くら》から腰を上げ、高機動車に飛び移ろうとした。

それを見た伊丹は倉田に叫ぶ。

「倉田、そおっと左だ。急ハンドルは禁止だぞ！」

「分かってますよ」

倉田が軽くハンドルを傾ける。すると近づいたイフリーとの距離がゆっくりと離れた。

もちろんイフリーもすぐに方向を変えて距離を詰めてくる。

右も左も、空白の車両に追い付かれてもはや逃げ場はない。前方が果てしなく開けているる滑走路だからこそ、まだ走り続けることができていた。

「隊長。もう無理ですよ！　やっぱり許可取ってからやった方がよかったんじゃ」

「まともに話したって、許可なんて出るわけないだろ！」

伊丹は言った。戦時ならいざ知らず、平時の今、自衛官自らが自衛隊の施設を壊すような行動の許可が下りるはずがない。これはまず成果を示し、それを突きつけることでしか突破できない壁なのだ。

「倉田、お前は俺に命令されて仕方なくやった。そのことを忘れるなよ！」

伊丹は倉田に囁いた。そしてその時である。ぬっと翼を広げた黒い影が高機動車を覆った。

「ちっ、しまった」

覆い被さったイフリーとエフリーから、神子田と瑞原の二人が高機動車に飛び移って来る。

「伊丹！　命令だ！　車を停めろ！」

伊丹は神子田ともみ合いながら叫んだ。

「倉田、停めるなよ！」

「貴様、ぶっ殺されたいか!?」

だが伊丹は叫んだ。

「待って下さい、これも『門』を開くためなんですってば」

「『門』のため『門』のため。そう言ってれば何をしても許されると思ったか!?　だいたいこんな石引き摺って、滑走路をひっかき回すことがどうして『門』を開くことになるんだよ!?」

「それはこれから説明しますって！」

伊丹は神子田にそう言い返したが、その隙に瑞原が運転席にたどり着き、倉田の横から足を突っ込んでブレーキを踏んだ。

「あうっ」

こうして高機動車は滑走路の真ん中で盛大にドリフトし、ようやく停まったのである。

「降りろ！」

「こいつめ！」

空自の隊員達の手で高機動車から引きずり下ろされた伊丹と倉田は、駆けつけてきた警務隊に捕らえられた。

「これ、どうします？」

整備班員らが伊丹が引き摺った大理石を前に渋面《じゅうめん》を作る。

「このまま引き摺ったらこいつらと同じになっちまう。誰かクレーンを持ってきてくれ」

そこに陸自の三トン半トラックがやって来た。

作業装置の付いたトラックの登場を整備班員達は諸手《もろて》を挙げて迎える。

「おお、いいところに来た。この石を運び出してくれ」

だが降りてきたのは江田島にレレイ、ヤオである。三人は伊丹を連行しようとする警務隊員に駆け寄った。

「ちょっとお待ち下さい。伊丹二尉を放して頂けますか？」

「海さんは黙っててくれ。こいつは神聖な滑走路を！」

「とにかく冷静に！　まず、彼がどうしてこんなことをしたのか聞くべきでしょう」

「それはこれから取調室で聞きます」

その時、警務隊員達に囲まれた伊丹が言った。

「レレイ、石を見てみてくれ。滑走路に面した部分だ」

「石？」

レレイは伊丹に言われるままに、高機動車の後ろに繋がれた大理石に駆け寄った。

もちろん三百キロ超の石は、人間の手では持ち上げられない。そのためレレイは杖を振って、魔法で石を浮遊《ふゆう》させる。

見れば滑走路に面した部分が綺麗に削られている。まるで熟練の職人の仕事のように真っ平らだ。

これなら後は磨きを掛けるだけで、光沢《こうたく》が出てくるだろう。それはレレイ達にもできる作業だ。

「どうだ、真っ平らに削れているか？」

レレイは、伊丹の元に駆け戻った。

「できてた」

「そっか。よかった」

倉田も言った。

「これで石の形成はなんとかなりますね、隊長」

江田島は、警務隊員達に伊丹を解放して下がるよう告げた。

「なるほど、伊丹二尉はこの滑走路を巨大なヤスリに見立て、大理石を削る方法を編み出したというわけですね。これなら均等に力がかかるので平らに削れていくでしょう。実に素晴らしいアイデアです。いささか乱暴なやり方だったとは思いますけどね」

しかし、江田島の言葉を聞いても空自の隊員達は納得できないようであった。

「こんなこと許せるかよ！」

「そうだ。こんなやり方絶対に認められない！」

だがその時、久里浜が神子田を止めた。

「待て、みんな。ここは『門』の再建に協力すべきだ」

「なんだと!? お前までそんなことを言うのか久里浜!? 滑走路がメチャクチャにされたら俺達が飛べなくなっちまうじゃないか！」

神子田は久里浜の襟首を掴み上げて言った。だが久里浜は面と向かって返す。

「滑走路を後生大事《ごしょう》にしていたって、俺達はもうじき飛べなくなる。そうだろ？」

「大丈夫だ！　燃料なら健軍の野郎が……」

「燃料の精製ができても、部品はもうなくなるだろ？」

「それはそうだが……でも、今は状況が状況だ。耐用年数なんて気にしなくていいんだよ」

「つまり事故って墜落《ついらく》するまで飛びたいと？」

「そうは言わない。けど、『門』ができて向こうと繋がったら……俺達は」

「神子田……もう観念しろ。遊びの時間は終わりなんだ」

「くっ、久里浜！」

久里浜が神子田の肩を叩き、神子田が悔しそうにその名を叫ぶ。

漫画のような愁嘆場《しゅうたんば》を見せられた伊丹は、傍らの空自の隊員に事情を尋ねた。

「どういうこと？」

「久里浜さん達には後方勤務の話が来てるんです。あの二人も良い年ですからね。いい加減に後進《こうしん》に道を譲れって……」

「ああ、パイロットが現場を離れる時期……という奴か」

空自のパイロットは何時《いつ》までも現役で居続けることはできない。

別にパイロットの資格を示すウィングマークを失うわけではないが、航空自衛隊という組織の中で仕事をしていれば、昇進し、あるいは異動し、嫌でも現場から離れるべき時期というものがやってきてしまうのだ。

神子田や久里浜達は今まさにその年齢であった。彼らがこうしてパイロットの地位にいることができるのも人事が凍結されているからに過ぎない。

だがそれも『門』が開いて日本との連絡が取れるようになれば動き出す。それが神子田が『門』を開くことに積極的になれない理由だったのだ。

「神子田！」

久里浜の叫びに顔を背《そむ》ける神子田。

「くっ……」

そんな神子田にレレイは歩み寄って問いかける。

「貴方には『門』はいらないものなの？」

レレイに問われて神子田は答えに詰まった。

多くの隊員達が日本との連絡再開を望んでいることは、神子田とて理解している。

「分かってる。分かってるんだよ！……けど、滑走路なんだぞ！　俺達が離陸する時には蹴《け》って、帰ってくる時には迎えてくれるのが滑走路だ。それをこんなボロボロに……」

「神子田！」

「くそっ！」

久里浜の声に、神子田は崩れるように座り込んだのだった。

〈下巻に続く〉

あとがき

『ゲート　自衛隊　彼の地にて、斯く戦えり外伝4．白銀の晶姫編（上）』を手にお取り頂き、あまつさえお読み頂き、誠にありがとうございます。

ネットで連載当時からお付き合い下さっていた読者の皆様、そして本屋さんで書籍が並んでいるのを見て手を伸ばして下さった皆様、さらには竿尾悟《さおさとる》先生が描いて下さっている漫画版から原作も読んでみようかと思って下さった読者の皆様、さらにさらにアニメから入って下さった皆様。本当にありがとうございます。私は幸せ者です。

アニメ前段（第一期）の放送はいかがだったでしょうか？

私は非常に満足しています。全ては携《たずさ》わって下さった方々の真摯《しんし》な努力を目の当たりにすることが出来たからです。

今回のアニメ化企画のおかげで、私は普通だったら決して関わることの出来ない世界を垣間見る《かいまみ》ことが許されました。

特筆すべきは、A-1 Picturesさんのスタジオ内部ですね。

玄関に入った途端に広がる、てんこ盛りのダンボールが積み上げられた風景。

そこで今何を作っているのか、まだ世間に知られてはいけない段階から知ることになりました。

前の後書きでも述べましたが、私は秘密を守るのが非常に苦手なので、口に出さないことに苦労しました。なので、すぱっと忘れるという方法で対応するしかありません。

そのせいで、後になって「あれ、アニメ化するんですか?」「あれ、映画になるんですか?」などと口にして、皆から「知ってるはずでしょ」とか突っ込まれたりする始末でした。

ちなみにアニメのアフレコ現場の情景については、ワーナーさんから発売されている某アニメ作品で描かれたりしておりますので、ここであえて説明する必要はないかと思います。

ただ『ゲート』に関して申し上げれば、非常に特殊な状況があったそうです。

それは、毎回声優さんの人数が異様に多いということ。毎週毎週、人数が二十人を切ったことがない。

多い時には三十人と言うと、詳しい人は皆さん驚かれます。人数が多すぎて、全員が収録室に入れず、半分はロビーに待たされて後で入れ替え……なんてことも、毎回の光景でした。

おかげで私は声優さんの顔と名前を覚えることに苦労しました。だって人数が多い上に声優さん、前にあるモニターばっかり見ていて、ちっとも後ろの方を向いてくれないんだもん。まあ、当然って言えば当然なんですけどね。おかげで私は皆さんの後ろ頭ばっかり見てました。

さて、第二期炎龍編は平成二十八年一月から始まります。この外伝4を皆さんが手に取って下さった頃は、丁度準備で最も忙しくなっている時期だと思います。

諏訪部《すわべ》順一《じゅんいち》さん演じる伊丹が、金元寿子《かねもとひさこ》さん演じるテュカが、東山奈央《とうやまなお》さん演じるレレイが、種田梨沙《たねだりさ》さん演じるロゥリィが、そして日笠陽子《ひかさようこ》さん演じるヤオが、炎龍を相手に決死の戦いに挑むのです。

皆さん名優揃《めいゆうぞろ》いです。これまでにも渾身《こんしん》の演技を見せて下さっていますが、最大に盛り上がる場面では、さらなる活躍《かつやく》を期待していてください。

柳内たくみ

超エンタメファンタジー!
最新8巻
大好評
発売中!
アルファポリス
COMICS
漫画:竿尾悟
コミックス
本編1~8
各定価:本体700円+税
ゲート
GATE
自衛隊 彼の地にて、斯く戦えり
8
原作 柳内たくみ
漫画 竿尾悟
2016年1月
TVアニメ
第2クール放送開始
シリーズ累計350万部突破!
アルファライト文庫
文庫
本編1~5
外伝1~4(各上下巻)
各定価:本体 600 円+税
イラスト:黒獅子
GATE
ゲート
自衛隊 彼の地にて、斯く戦えり
外伝4. 白銀の晶姫編
上
下
柳内たくみ
外伝4巻
(上・下)
待望の文庫化!
2016年1月より TOKYO MX,MBS,テレビ愛知,BS11,AT-Xほかにて
TVアニメ 第2クール
放送開始予定!
STAFF
監督……京極尚彦『ラブライブ!』
シリーズ構成……浦畑達彦『境界線上のホライゾン』
キャラクターデザイン……中井準『銀の匙 Silver Spoon』
音響監督……長崎行男『ラブライブ!』
制作……A-1 Pictures『ソードアート・オンライン』
CAST
伊丹耀司……諏訪部順一
テュカ・ルナ・マルソー……金元寿子
レレイ・ラ・レレーナ……東山奈央
ロゥリィ・マーキュリー……種田梨沙
ピニャ・コ・ラーダ……戸松遥
ヤオ・ハー・デュッシ……日笠陽子

かつてないスケールの
ゲート
柳内たくみ
Yanai Takumi
自衛隊
彼の地にて、
斯く戦えり
累計350万部!
最新
外伝＋《プラス》
大好評発売中!
単行本
本編1～5／外伝1～4・外伝＋
各定価：本体 1700 円＋税
イラスト：Daisuke Izuka
ゲート
外伝＋ 特地迷宮攻略編
自衛隊
彼の地にて、
斯く戦えり
柳内たくみ
2015年7月 よりTOKYO MX,MBS,テレビ愛知,BS11,AT-Xほかにて
TVアニメ
放送開始予定!
GATE
京極尚彦
浦畑達彦
A-1 Pictures
シリーズ累計240万部突破!

好評発売中!!
柳内たくみの『ゲート』を
本格派、ほのぼの、萌えetc.
色とりどりにアレンジ!!
アルファポリスアプリ
スマホでも
漫画が読める!!
App Store／Google playで
ダウンロード！